上州騒乱
公事師　卍屋甲太夫三代目

幡　大介

JN286974

幻冬舎時代小説文庫

上州騒乱

公事師　卍屋甲太夫三代目

目次

第一章　公事宿夕景

一

軽業《かるわざ》のお囃子《はやし》だろうか、三味線の音が聞こえてくる。浅草寺《せんそうじ》の門前町の一軒に、浅草一帯を仕切る香具師《やし》の元締の郷右衛門《ごうえもん》、人呼んで白狐《びやっこ》ノ郷右衛門が家を構えていた。

香具師の元締は表の顔。その実態は江戸の暗黒街の首魁《しゆかい》である。戸は閉め切られ、部屋の中は薄暗い。窓は小さく、太い格子が嵌《は》めてある。さながら座敷牢のようだ。

裏社会の首魁は敵が多い。常に暗殺や討ち入りに備えなければならない。郷右衛門の寝起きする奥座敷は高い塀に囲まれている。そのため日当たりが異常に悪かった。

奥の壁を背にして郷右衛門が座っている。頭上の神棚には不気味な木彫りの人形が、御幣《ごへい》や注連縄《しめなわ》でグルグル巻きにされて置かれていた。他にも縁起物が並べられている。

郷右衛門は綿入れの羽織を肩に引っかけて、片手を手焙《てあぶ》りに翳《かざ》した。

手焙りは素焼きの陶器で達磨《だるま》をかたどっている。中には火のついた炭が入れられていた。季節は冬。暦のうえでは春になろうとしているが、まだまだ寒さは厳しい。ろくに日の射《さ》さない造りになっているから、なおさらだ。

白狐ノ郷右衛門はもうそろそろ還暦を迎えようかという歳《とし》である。鬢《びん》も髷《まげ》も真っ白だ。加齢とともに痩《や》せこけてきて、鼻梁《びりょう》と顎《あご》ばかりが尖《とが》ってみえる。落ち窪《くぼ》んだ眼窩《がんか》の奥で双眸《そうぼう》だけが、壮年期に変わらずギラギラと光を放っていた。

「この俺が手前《てめ》ぇなんかの口車に乗せられるとでも思っているのか」

憎々しげに睨《にら》みつけながら吐き捨てた。視線の先には、ほっそりとした体軀《たいく》の男が両膝を揃えて座っていた。

江戸の闇社会の一角を、何十年も仕切ってきた首魁の前だというのに、人を食ったような笑みを浮かべている。どういうつもりで微笑《ほほえ》んでいるのかは知らないが、人の感情を激しく逆撫《さかな》でする振る舞いには違いない。

「やいッ」

白狐ノ郷右衛門が怒鳴った。

「手前ぇが穴を開けやがった千五百両、この俺の虎の子だった金だ。いってぇどうやって穴埋めするつもりだ！」

千五百両は大金だ。

「俺の前にそのツラを出したってこたぁ、千五百両、耳を揃えて持参したんだろうな！　それともわざわざ簀巻《すま》きにされたくて戻ったって言うのか」

「ええと、それでしたら……」

薄笑いの男が、細くて高い声で答えた。

「いちおうの目処《めど》がつきましたもので」

「そんなら、さっさと金を出しねぇ」

すると男は、やや困った様子で笑顔を傾《かし》げた。

「これから稼いでお届けしよう――というお話なのでございますがね」

「やいッ」

郷右衛門が再び吠えた。

「この騙《かた》り野郎め！　手前ぇなんかの、口から先のいかさまに誑《たぶら》かされる郷右衛門サマだと思うなよ！」

さすがは闇の世界の大物だ。老いてなお凄《すさ》まじい殺気を放つ。それでも男は薄笑いを浮かべたままだ。

男の斜め後ろに控えた別の男が、身を震わせて、この寒いのに冷汗まで滲《にじ》ませながら答えた。

「でっ……ですが元締。この野郎がまんまと公事宿《くじやど》に潜り込んで、その主《あるじ》に成り済ましちまった、ってのは、本当のことなんで……」

四十歳ばかりの男の顔面には、斜めに大きな刀傷があった。真っ向から受けた傷を〝向こう傷〟という。男は、向こう傷ノ伝兵衛《でんべえ》という二ツ名で呼ばれていた。伝兵衛も闇の社会ではそれなりに名の通った兄貴分だが、白狐ノ元締の前では顔色もない。声を震わせながら続けた。

「このいかさま師め、信なんかこれっぽっちもおけねぇ野郎でやすが、公事師に納まったってんなら話は別だ。こいつは使える。いや、使わなくちゃ損だ。そう考えて、元締の御前に引き連れやしたんでございまさぁ」

伝兵衛を郷右衛門は冷やかに見つめている。傍《かたわ》らの莨盆《たばこぼん》を引き寄せて煙管《きせる》に莨を詰め、火をつけてプカーッと吹かした。

「ほかならぬ伝兵衛の口利きだから、こうして目通りを許してやっているがね、こっちはさんざん煮え湯を飲まされた身だ。お前みたいに簡単に、この男を信じてやるわけにはゆかないよ」

ジロリと伝兵衛を睨みつける。

「まさかとは思うが、お前まで、この、いかさま野郎の舌先に搦《から》め捕られちまったわけじゃあるまいね。傀儡《くぐつ》みてぇに操られてるんじゃねぇんだろうな」

「滅相もねぇ」

伝兵衛は両手を突き出して振った。

「あっしはそこまでの間抜けじゃございんせんぜ」

郷右衛門は、今度はいかさま師に険しい目を向けた。

「ケチないかさま師のお前が、今ではお江戸の公事師だと？」

いかさま師は蕩《とろ》けるような笑顔で頷《うなず》いた。

「卍屋甲太夫《まんじやこうだゆう》の名跡を継ぎまして、只今《ただいま》は、三代目甲太夫と名乗っております」

「甲太夫と呼べ、とでも言いてぇのか」

「なにとぞ宜《よろ》しくお引き回しのほど――」

「馬鹿野郎ッ」

郷右衛門が激昂《げっこう》した。いまにも手下を呼びつけて、簀巻きを命じかねない形相《ぎょうそう》だ。

向こう傷ノ伝兵衛はますます慌てた。いかさま師に仕置きを加える、という話になれば、いかさま師を連れてきた伝兵衛まで責を負わされる。伝兵衛は任侠《にんきょう》の世界でいうところの〝ケツ持ちをしている〟という状況になっているからだ。

「元締ッ、この野郎を仕置きするのは簡単でさぁ。だけどそれじゃあ、千五百両は二度と戻って参《め》えりやせんぜ！」

「何が言いてぇんだ」

郷右衛門が灰吹きに煙管をカンッと打ちつける。伝兵衛は額の冷汗を指で拭《ぬぐ》って、答えた。

「お江戸のお役人に公事を持ち込むのは公領の百姓どもだ。関八州《かんはっしゅう》に広がる公領を支配しているのは、表向きには御勘定奉行所のお代官様や関東郡代役所の役人たちだが、街道筋を裏で牛耳《ぎゅうじ》っているのは、あっしら博徒だ。表の世界の役人にゃあ見えねぇものまで見えているし、手の届かねぇ所にまで手が届きやす」

「それで」

「公事師の三代目甲太夫と裏街道の者が手を組めば、お上の公事を操って、いくらでも金が稼げるんじゃねぇのかと……」

郷右衛門が「フン」と鼻を鳴らした。しかし内心は、まんざらでもなく思っていそうな気配だ。伝兵衛はここぞとばかりに膝を進めた。

「この野郎を簀巻きにするのはわけもねぇ。やる気になりゃあ、いつでもできやす。ですがそいつは、この野郎が使えるかどうか、確かめてからでも遅くはねぇんじゃねぇのかと……」

郷右衛門は冷たい目つきで睨んでいたが、黙考の後で頷いた。

「お前がそこまで言うんだったら、お前の裁量に任せようじゃねぇか」

「へいっ」

伝兵衛はまるで自分が簀巻きにされるのを免れたみたいな顔つきになった。

一方の三代目甲太夫は、まるっきり他人事《ひとごと》みたいな顔で、ヘラヘラと笑っている。

伝兵衛は畳に額を擦りつけるほどに平伏した。

「必ずや、この野郎に、千五百両分の働きをさせまする」

「任せたぞ」

郷右衛門が腰を上げ、隣室へと消えた。結局、いかさま師は最後まで、薄笑いを浮かべたままであった。

二

この時代、徳川家の直轄領は〝公領〟と呼ばれていた。維新の後、徳川領は明治新政府に没収された。国有地になったのであるが、名目上は天皇領とされた。それ以後、これらの土地は天領と呼ばれるようになる。しかし江戸時代の呼び名はあくまでも公領だ。


公領を支配する役所は勘定奉行所である。

勘定奉行所には勘定奉行が四人いた。勝手方二名と公事方二名とに分かれて、一年ごとの交代で担当する。

奉行がたった一年の交代制では、奉行所の業務に支障が出るのではないか、と思われるが、組織の頭《かしら》の奉行が交代しても、手足である官吏たちは役目を交代しないので、支障はまったく出ない。

勝手方は公領から年貢を徴収することを主な仕事とする。農地の検見《けみ》（作況指数の調査）と算盤《そろばん》片手の帳簿づけが主な仕事だ。

公事方は公領の治安と訴訟を担当する。

公事とは今日でいう裁判に他ならないが、主に二つに分類される。〝吟味物〟と〝出入物〟である。

吟味物とは刑事裁判のことである。公領で捕らえられ、江戸の牢屋敷に送られてきた罪人を取り調べたうえで裁きにかけて断罪する。江戸市中で起こった事件は南北の町奉行所が裁くが、公領で起こった事件は勘定奉行所が裁く。

出入物とは民事訴訟のことである。

公事宿は、これら公事のために江戸に出頭してきた者たちを泊める宿だ。民事訴訟は元より、刑事裁判の被害者や、加害者を弁護する者たちまで泊める。彼らが白州に提出する書状の書き方を教えたり、代筆を務めることもあった。

勘定奉行所の支配勘定、相原喜十郎《あいはらきじゅうろう》が、暖簾《のれん》をくぐって卍屋の土間に入ってきた。歳は二十代の半ば。いかにも切れ者らしい、理知的な顔つきの武士だ。彫りの深い顔の造りで鼻梁が高く、切れ長の二重まぶたが涼しげである。役儀で関八州を駆け回っているために、肌の色は濃く日焼けしていた。

「これは相原様」

帳場格子に座って帳づけをしていた菊蔵《きくぞう》が気づいて、がらにも似合わぬ愛想笑いを浮かべた。

菊蔵は卍屋の下代《げだい》頭。下代とは、公事師の下で公事に関わる者をいう。普通の旅籠《はたご》ならば番頭に相当するが、菊蔵の顔つきや物腰は裏街道の俠客《きょうかく》にしか見えない。歳は五十絡み、鬢には白髪も目立つが、苦み走った面相が凄味《すごみ》を感じさせていた。

くだらぬ意地の張り合いで、公事に訴えようとする百姓など、菊蔵にひと睨みされただけで怖《お》じ気《け》づいて、願《ねがい》（訴訟）を引っ込めてしまいそうだが、そんな菊蔵が精一杯の作り笑顔で、大柄な背中を丸めつつ膝行《しっこう》してきて、相原の前で深々とお辞儀した。

「ようこそ卍屋まで足をお運びくださいやした。主の甲《こう》が待ちかねておりまする。どうぞお上がりを」

そう挨拶すると相原は微妙に顔をしかめた。

「お甲は主ではあるまい」

「あっといけねぇ」

菊蔵は自分の額を平手でピシャリと叩いた。

「仰せのとおりで」

そして相原と菊蔵は、二人揃って微妙な顔つきになった。二人ともなにやら物言いたげであったが、なんと物申したら良いのか、両人とも計りかねている顔つきであった。

「まぁよい。お甲に直《じか》に申す」

「へい」

菊蔵は台所に向かって「おい」と声を掛けた。

「濯《すす》ぎをお持ちしろィ」

台所から「へーい」と愛らしい声がして、小桶を抱えたお里《さと》がやってきた。卍屋で奉公している下女だ。

相原はお里に足を濯がせて、卍屋に上がった。


公事宿の造りは、普通の宿屋とたいした違いがあるわけではない。客の食事を作るための大きな台所があり、客を泊めるためのいくつもの座敷がある。街道の宿場の旅籠とは違って風呂はない。公事宿の客たちは町内の銭湯に通わされる。

相原は廊下を通って奥座敷へと向かった。客間に客たちの気配はなかった。百姓たちはこんな機会でもなければ江戸に来ることができないので、これ幸いと江戸見物に繰り出す者が多かったのだ。

「お甲、おるか」

奥座敷の襖《ふすま》の前で声を掛けると、襖が静かに開けられた。お甲が、その美貌を覗《のぞ》かせた。

いかにも公事宿の娘らしい勝気そうな顔だちだ。頭髪も、よくある丸髷や島田髷ではなく、立兵庫《たてひょうご》に高々と結い上げていた。そんな異相が、よく似合う美女なのだ。
「相原様。ようこそお越しを」
お甲は畳に両手をついて低頭した。
相原は「うむ」と答えて座敷に入る。背後でお甲が襖を閉めた。
江戸時代、夫婦ではない男女が座敷に同席する際には、障子や襖は開け放ってお
かなければならないと法で定められていた。真冬だろうが夜中だろうが、必ず全開
にしておかなければならないのだ。男女が密室に籠《こ》もると、それだけで不義密通、
肉体関係があったとされてしまう。
しかしあえて二人は障子や襖を開け放とうとはしなかった。二人は、障子や襖を
閉ざして人目を憚《はばか》らなければならない、そういう仲だったからだ。
相原が座ると、すぐにお甲が身を寄せて縋《すが》りついた。
「相原様、お会いしとうございました」
目を閉じて相原の胸に頰を寄せる。
相原は先の騒動で谷に突き落とされて怪《け》我《が》を負った。その怪我の癒《い》えるまでは、
逢瀬《おうせ》も叶《かな》わなかったのである。

お甲は全身を投げ出すようにして相原に恋情をぶつける。相原もまた、お甲の身を愛《いとお》しげにかき寄せた。

その時「うっ」と相原が呻《うめ》いた。塞《ふさ》がったばかりの傷が痛んだのである。

「あっ、いけない」

夢中になって相原を求めていたお甲が我に返った。

「お身体《からだ》に障ります」

急いで身を離す。

「わたしとしたことが、なんとはしたない」

畳に指をついて詫《わ》びる。相原は急いで手を振った。

「いや、もう、大事ない」

だがその顔色は良くない。未《いま》だ本復していないようにお甲の目には映った。

「御酒《ごしゅ》も、お召し上がりにはなれませんね……」

「うむ。医工が申すには、酒は身体に良くないらしい」

「それは残念」

相原も酒は嗜《たしな》むが、どちらかといえばお甲の方が酒飲みだ。お甲にとっては相原と差し向かいで飲《の》む酒が何よりの楽しみなのであった。

相原は居住まいを正した。勘定奉行所の役人らしい顔つきに戻る。お甲もそれと察して座り直した。

公事の客が江戸見物から戻ってきたらしい。ドヤドヤと足音も高く入ってきて、大声で笑い合っている。田舎暮らしの人々は、広い田畑《たはた》で言葉を交わしながら暮らしているので、習慣的に声が大きい。江戸っ子たちのほうが威勢よく大声を張り上げていそうだけれども、実際には、長屋の隣室にも聞こえぬように小声で喋《しゃべ》る。大声はいかにも田舎者の風儀だと馬鹿にされることが多かった。

「卍屋も商売繁盛でなによりのことだな」

百姓たちの声を聞きながら、相原が言った。

お甲は首を横に振った。

「それだけ諍《いさか》いが多いということでございます。わたしどものような稼業が繁盛するのは、公領のためによろしくはございませぬ」

相原は少し、口惜しそうな顔をした。

「我らの治世に手落ちや見落としがあるから、百姓どもが争うのであろう」

誰もが納得するような形で統治ができれば、公領での争いはなくなるはずだ、と、教条主義的な武士たちは本気でそう考えている。

「我ら勘定奉行所の役人がもっと熱心に公領を巡検し、百姓どもの訴えに耳を傾けていれば、公事も減るのであろうがな……」

「いいえ」と、お甲は慌てて言った。

「お百姓衆が公事に訴えるのは、御勘定奉行所のお裁きを頼りとしているからにございます。御勘定奉行所のお役人様に願を立てれば、必ず良きように取り計らってくださる。そう信じているからこそ、はるばる江戸まで旅して参られるのでございますよ」

相原は微《かす》かに笑った。

「公事師でもあるお甲にそう言ってもらえると、わしも勤めに張り合いが出るというものだ」

お甲も嬉しそうに微笑み返した。

だが、相原の微笑はすぐに消えた。

「しかしお甲。この卍屋に公事の客が押し寄せてくるわけは、他にもあろう」

お甲は勘の鋭い女人である。相原が何を言わんとしているのかをすぐに覚《さと》って、顔つきを変えた。

相原は語り続ける。

「公事の百姓が卍屋を頼るのは、主の高名を慕ってのことだ。卍屋甲太夫三代目。ここ何カ月かの目覚ましい働きぶりは、公領中に轟《とどろ》き渡っておる。百姓も町人も、杣人《そまびと》や船頭たちも、頼りとするなら卍屋の甲太夫だと口を揃えて申しておる」

お甲はなんと答えたら良いかもわからなかった。この怜悧《れいり》な娘にしては珍しく口ごもる。

「して、お甲よ。肝心の三代目甲太夫は、今、どこで、どうしておるのだ」

お甲は首を横に振った。

「それが、あの男は、どこでどうしているものやら……」

「卍屋の下代をもってしても摑《つか》めぬ、と申すか」

「面目次第もございませぬ」

「卍屋でもわからぬほど巧妙に雲隠れしたと申すか」

公事宿の大事な仕事の一つに、差し紙の回送がある。公事の願を聞き届けた役所は、公事の当事者や証人を江戸に呼び寄せて吟味する。白州に引き出して双方の言い分を聞き取るのだ。

その当事者や証人に出される召還令状を差し紙という。差し紙は役所から公事宿に差し下されて、公事宿の者が当事者の許まで渡しに行く。

しかし相手が悪人で、自分が悪事を働いたと自覚している場合には、差し紙を受け取るまいと雲隠れをする場合がある。すると下代は、江戸の岡っ引きのように探索を開始し、どこまでも相手を追いかけて、最悪の場合、お縄を掛けてでも江戸の白州に連れてくるのだ。

公事宿には公事宿の捜査網があり、村々の名主（庄屋）や街道の宿場役人、馬子、駕籠《かご》かき、河岸《かし》の船頭など、至る所から情報が集まってくるようになっている。この網の目をくぐり抜けて逃げきることは至難の業だ。

「にも拘《かか》わらずあの者は、行方を晦《くら》ましたと申すのだな」

「はい」

「卍屋甲太夫の三代目という金看板を背負ったままだぞ」

相原とお甲は、心底から困ったような顔をした。

「公事宿仲間は、あの男を三代目の甲太夫だと認めてしまった。認めてしまったからには、あの男が三代目の甲太夫なのだ。それが定めだ」

相原の言葉にお甲は唇を嚙《か》む。

三代目甲太夫とは名前ばかりの存在で、その実体はお甲である。相原を愛するがゆえに婿取りをしたくなかったお甲が、三代目甲太夫という幻の公事師をでっち上げ、実際にはお甲が下代たちを指図して、公事にあたっていたのだ。

相原が勘定奉行所の役人という立場を悪用して、お甲を支えていたからこそ、実現可能な手妻（手品）であった。

ここ何カ月かの目覚ましい働きも、実は、お甲の手柄なのだ。

「……であるから、あの男がおらずとも、なにも心配はしておらぬ。お甲が三代目甲太夫の名代として、卍屋を切り盛りすればよい」

何のことはない。話が元に戻っただけだ。

「しかしそれでもあの男が、卍屋の主であることにかわりはない。ううむ。喉《のど》に小骨が刺さったような心地だな」

どうにもスッキリしない不快な感覚だ。それはお甲も同じ——否《いな》、相原以上の不快感であった。

どこのだれとも知れぬ男に卍屋を綺麗に乗っ取られてしまった。しかもその男はお甲の婿ということになってしまっているのである。

お甲はキッと鋭い目をあげた。

「……あの男は、必ず見つけ出します」

「うむ。そうしてくれ」

相原は、お甲の深刻な悩み、苦しみには、いささか理解が行き届いていないのではないか――という顔つきで頷いた。

「なんと言っても卍屋は、公事宿仲間では大きな看板だ。歴代の御勘定奉行様方も厚い信頼を寄せてこられた。その卍屋が、このような形になっているのは宜しくない」

などと、あくまでも、勘定奉行所の役人の口調で言う。

お甲の心は少なからず傷ついたのであるが、

(喜十郎様は、わたしを気づかって、あえてこのような堅苦しい物言いをなさってくださったのに違いない)

と、すぐに思いなおした。

お前は人妻ということになっているのだが、それについてはどうするのだ？　などと訊《き》けたものではないし、答えられるものでもない。

なんとも気づまりだ。相原の顔色もますます宜しくない。

「わしは役所に戻らねばならぬ」

相原は立ち上がろうとした。そしてよろめいた。

「危のうございます」

お甲は急いで立って腕を差し伸べて、相原を抱き留めた。

「すまぬな」

「こんな無理をなされずとも……」

相原は引きつった顔で笑った。

「そなたと卍屋が案じられてならぬのだ。傷は痛む。だが、どうにもたまらずに出てきてしまったのよ」

「まぁ……」

お甲の目頭が熱くなる。

二人はしばらくそのままの姿で、身を寄せ合っていたのであった。

表道まで相原を見送って、お甲は帳場に戻った。

「菊蔵」

下代頭の菊蔵を呼ぶ。

「奥座敷まで来て」

菊蔵はお甲の険しい横顔をチラリと見て「へい」と低頭した。

奥座敷に戻ったお甲が長火鉢の炭など熾《おこ》していると、すぐに菊蔵がやってきた。

「お嬢さん。お呼びで」

廊下で両膝を揃えて、開いた襖の陰から顔を覗かせた。

菊蔵のお甲に対する呼び名は、つい先日まで〝ご名代〟というものであった。お甲は父親である二代目甲太夫の代わりに、卍屋を切り盛りしていたからだ。

しかし今のお甲は三代目甲太夫の女房である。呼び名としては〝おかみさん〟が正しいわけだが、三代目を名乗った男との婚姻など、実際にはなされていないことを卍屋の者なら誰でも知っているわけで、おかみさんと呼ぶことは憚られた。

それで昔ながらの呼び名に戻っていたのだ。

「菊蔵」

鋭い声音で呼ばれて、菊蔵は「へい」と首を竦《すく》めた。

お甲は凄まじい眼光を向けてきた。

「あの男を見つけ出すよ」

「あの男……と言いやすと、あの男ですかい」

「そう、あの男」

二人は〝あの男〟の名前すら知らない。まさか三代目甲太夫と呼ぶことはできない。

「確かにあの野郎は、見つけ出し次第、ブッちめてやらにゃあなりやせん」

こともあろうにぬけぬけと三代目甲太夫を名乗り、公事宿仲間の長老たちと勘定奉行所を騙《だま》したのだ。そして卍屋を乗っ取った。菊蔵にとって卍屋は自分の家と同じだ。とうてい許せる話ではなかった。

「ですがお嬢さん、公事を放り出すわけにゃあ参ぇりません」

菊蔵は自分自身の憤りを押し殺してそう言った。

「公領からは、卍屋甲太夫三代目の高名を慕って――そいつはお嬢さんの活躍と手柄を耳にしたってことでやすが、大勢のお百姓衆が押し寄せて参えりやす。これを置き捨てにゃあできませんぜ」

「わかってる」

「今、卍屋は代替わりの、とっても大事な時だ。ここで手を弛《ゆる》めたら、卍屋は代替わりをして腕が落ちたと罵《ののし》られやす。公事宿仲間からも軽く見られて、つまらねぇ目に遭わされやす」

「だけど、その手柄は全部、あの男のものになってしまうじゃないの」

お甲と菊蔵が身を粉にして働いて、智慧《ちえ》を搾《しぼ》って公事を勝訴に導いても、名声はあの男の許に帰されてしまうのだ。

菊蔵は情けない顔をした。

「こんなつまらない話はねぇですな」

「だからどうでもあの男を見つけ出さなくちゃならないのさ」

「しかし、手が足りねぇ」

卍屋の腕利きの下代たちは皆、公事の仕事で関八州を走り回っている。

菊蔵は顎など撫でながら思案した。

「あの野郎も、なにかの魂胆があって、三代目を名乗ったのに違《ちげ》ぇねぇんだ。だから、いつかはここへ顔を出す。そうじゃねぇですかね」

「そうかもしれない」

「だったらこっちはジタバタしねぇで野郎の出方を待つ。これが上策かもしれやせん。こっちがうろたえていたら、野郎の手のひらの上で踊らされちまう。こっちが動きを見せなければ、野郎のほうが焦《じ》りだす。尻尾《しっぽ》を出すか、ドジを踏むか。まぁ、こっちが知らん顔をして、野郎を焦らしてやるのが良《い》いかもしれやせんな」

下代らしく、公事の戦法に置き換えてそう言った。お甲にも異存はなかった。

「確かにあたしは焦りすぎていたのかもしれないね」

「公事を仕切ることのできる、本当の三代目甲太夫はお嬢さんだ。あの野郎には、逆立ちしたって公事の仕切りなんざできやしねぇ。どうあがいたって卍屋を乗っ取れるはずがねぇんでさぁ」

菊蔵は不敵な笑みを浮かべて励ました。

「お前の言う通りさ」

お甲も微笑み返した。

「さて、そうと決まったら、つまらないことはすっぱり忘れて、明日の公事の支度だよ」

公事師らしい顔つきに戻る。菊蔵も「へい」と答えて、携えてきた帳簿を広げた。

「下代の鶴吉《つるきち》を走らせて調べさせやしたが、今回の争いの元になっている入会《いりあい》は、元は笹子《ささこ》村の持ち山だったらしいですぜ。これが証拠の古証文でさぁ」

入会とは村が所有する公有地のことである。村人ならば誰でも立ち入って、柴刈や山菜取りができる。

「ちょっと、これはまずいじゃないのさ」

卍屋が味方しているのは、笹子村と係争中の伏木《ふしき》村の面々だ。

「へい。この入会に伏木村が牛小屋を建てた経緯を調べてみたんでやすが――」

集めた証拠を広げて、二人は熱心に、公事の戦法を練り始めた。

三

「いったいいつまで寝ておるのだ」

浪人、榊原主水《さかきばらもんど》が表戸を勢い良く開けて入ってきて、長屋の板敷きにズカズカと上がり、そこに寝ていた男から、上掛けの夜着を引き剝《は》がした。

この時代にはまだ掛け布団は普及していない。布団といえばもっぱら敷布団をいう。しかしこの貧乏長屋には、敷布団はおろか畳すら敷かれていない。板敷きの上に莚《むしろ》を敷いて敷き布団の代わりにして、寝ていたのだ。

「やいッ、いかさま師！　起きろ」

いかさま師は眠そうに目を擦《こす》った。

「あたしの名はいかさま師ではございませんよ。三代目甲太夫でございます」

「何を寝ぼけたことを言っておる。夢みたいなことを申すな」

「夢ではございませぬよ。勘定奉行所のお偉方にもお目通りいたしましたし、公事宿仲間にも認めてもらいましたからね」

「公事に押しかけて名乗りを上げただけではないか。あんなもの、お目見えとは言えぬ」

「ところがどっこい、卍屋のお甲ちゃんは、本物の三代目甲太夫を世間にお披露目することができないのです。ですからあたしは安泰、というわけでして」

「いいから退《ど》け」

「どうしてです」

「拙者《せっしゃ》がそこで寝るのだ」

いかさま師は障子戸を見た。朝日が射し込んでいる。

「朝寝でございますか。お仕事はどうしたのです」

「仕事は賭場《とば》の用心棒だ！　今、仕事を終えて帰って来たところだ！」

「ああ、なるほど。夜なべ仕事でございましたか」

いかさま師は寝床を明け渡して「ふわぁっ」と、大欠伸《あくび》をした。

寝間着代わりにしていた帷子《かたびら》（裏地のない一枚布の着物）のうえに綿入れのどてらを羽織る。そのなりで雪駄《せった》を突っかけて表に出た。

下谷万年町にある貧乏長屋で、どぶ板のある路地の奥に井戸と雪隠《せっちん》があった。もうずいぶんと日が高い。真っ当な職に就いている男は仕事に出掛けている。この長屋でも、残っているのは、いかさま師と榊原主水の二人きりだろう。

長屋で暮らす女房たちが井戸端でお喋りしながら洗濯をしていた。

「おや、薬屋の先生。今お目覚めかい」

お寅《とら》という名の四十歳ばかりの古女房が、いかさま師に気づいて声を掛けてきた。

いかさま師は顔中が蕩けそうな笑顔で頷いた。

「おはようございます。皆さん、朝から精が出ますね」

「朝からが聞いて呆《あき》れる。もう昼時だよ」

女房衆は日の出とともに働きに出る夫のために、暗いうちから飯炊きを始めなければならない。

今の時刻は五ツ半（午前九時ごろ）。女房たちの感覚では、もはや朝とはいえない。

「こんなにお天道様が高くなるまで寝ているのは、あんたと、あの青侍様だけさ」

お寅の皮肉に、いかさま師は笑顔で答えた。

「石薬の調合の秘訣に、闇の中で行うべし、というのがございましてねぇ。青侍の榊原様も、暗夜に咲く花の露を求めて、深夜に出歩かれていらっしゃいます」

二人はここでも薬師《くすし》であると身分を偽っている。榊原主水などは京の施薬院に出仕していたこともある青侍だと吹聴していた。青侍とは公家や朝廷に仕える武士のことだ。

「薬作りってのは面倒なもんだね。道理で値が張るわけだよ」

「ウチの父ちゃんの稼ぎじゃあ、子供に薬も買ってやれねぇ」

女房たちのお喋りは夫の悪口へと移った。

いかさま師は雪隠に入って、長々と放尿した。

雪隠を出て、手水鉢《ちょうずばち》で手を洗う。水は指が切れるほどに冷たかった。

「ひいっ。たまらないねぇ」

手拭いで指を拭いながら井戸端に戻る。お寅が嘲笑《ちょうしょう》を浴びせてきた。

「手水で手を洗ったぐらいでなんだい。こっちなんか盥《たらい》に手を突っ込んでるってのにさ」

水から手を出していかさま師に見せつける。ひびやあかぎれがずいぶんと酷《ひど》い。

冷水の中で洗濯物を擦っていれば、どうしたって皮膚が痛んでしまう。

「おお、これは痛ましい」

いかさま師は、心中から嘆いているかのように見える顔をした。

「ずいぶんと痛むでしょう。どれどれ。よくお見せなさい」

お寅の手をとって真剣な顔を近づける。

「なんだいお前さん。やめておくれよ恥ずかしい」

年齢で女心に変わりがあるわけではない。お寅はがらにもなく恥じらった。

「薬を塗ってさしあげましょう」

いかさま師は袂《たもと》から蛤《はまぐり》の貝を取り出した。蛤の貝殻はこの時代、軟膏《なんこう》や紅など、柔らかい物の入れ物として使われていた。貝の口を開くと薬指で軟膏を取って、お寅の手のひびやあかぎれに塗りこんでいった。

「ちょっとお前さん、その薬、高いんじゃないのかい」

お寅が気後れした様子で言う。いかさま師は得意の笑顔で答えた。

「同じ長屋に住んでいるのです。家族も同然でございます。家族から金を取ろうとは思っておりませんよ」

「だけど売り物なんだろう?」

「いいのですよ」

ヘラヘラと軽薄な笑顔も、この時ばかりは慈愛に満ちた仏のように、お寅の目には映っていた——かもしれない。

「はい、皆さん。お手をお出しください」

いかさま師は他の女房たちの指にも薬を塗りつけてやった。普段は下品でがらっぱちな女房たちが、なにやら神妙な面持《おもも》ちで、いかさま師の施しを受けた。

「それでは皆さん。お身体お大事に」

いかさま師は榊原主水の部屋に戻ろうとした。その時、長屋の木戸の所に、半身を出している男の姿が見えた。

いかさま師は「おや」と、声を漏らして男に歩み寄っていった。

その男、向こう傷ノ伝兵衛は、傷跡の目立つ顔を妙な具合に歪《ゆが》めさせた。

「見ていたぜ。ずいぶんと奇特な真似をしているじゃねぇか」

傷のせいで顔の筋が引きつった形でくっついている。伝兵衛本人は笑ったり怒ったりしているつもりでも、普通の笑顔や怒り顔にはならない。他人は伝兵衛が笑っているのか怒っているのか、口調や状況から判断しなければならなかった。

いかさま師は軽薄に笑った。この男の場合、相手の感情に頓着せずに薄笑いを浮かべているだけなのだから気楽である。

「長屋の皆さんの信用を得なければ、安心して暮らしてゆくこともできないですからねぇ」

「ああやって、根が純にできているやつらを誑かして、最後には根こそぎ奪っていこうって魂胆か」

「いえいえ。人聞きの悪い。こちらの長屋には、奪っていけるほどの物なんか、なに一つとしてございませんよ」

長屋の木戸では目立つ。二人はその場を離れて、町の裏手へと向かった。

商家の荷置き場らしい広場がある。商家そのものはずいぶん前に潰《つぶ》れたらしく、広場には枯れ草が伸び放題になっていた。

江戸の商家のほとんどは三代続かないとされている。それほどまでに流行《はや》り廃《すた》りが激しい町で、町人たちの嗜好《しこう》から外れた商品を仕入れてしまうと、あっと言う間に閉店に追い込まれてしまうのだ。

「ところで、いったいなんの御用です」

周囲に人影がないのを確かめてから、いかさま師は伝兵衛に訊《たず》ねた。

伝兵衛が斜に構える。

「手前ぇが江戸から逃げ出しやしねぇかと見張っていたのよ」

いかさま師はカラカラと笑った。

「またまた、ご冗談を」

「冗談なんかじゃねぇ」

伝兵衛が目を怒らせて凄む。

「だいたい手前ぇ、まったくやる気がねぇじゃねぇか。三代目甲太夫を襲名したってのなら、どうして卍屋に乗り込んで行かねぇんだ」

「とんでもない。卍屋には腕っぷしの強い下代衆が大勢いらっしゃいます。あたしなんかが乗り込んでいったら、どんなに酷い折檻を受けるかわかったもんじゃございませんよ。ああ、恐ろしい」

口ぶりだけは怖がっているようだが、顔つきはいつも通りの薄笑いだ。伝兵衛にとっては、なんとも気障りである。

「だがよ、卍屋甲太夫を名乗らなければ、公事のいかさまであくどく儲《もう》けることもできねぇんだぞ?」

「それはもちろん、わかっておりますよ。ところで」

いかさま師が顔つきをちょっと更《あらた》めた。

「その卍屋さんは、今、どうなってますかね」

「おう。そのことよ。だから俺がここにツラを出したと思え」

　伝兵衛が声をひそめた。

「どうやら卍屋に、金になりそうな公事が転がり込んだみてぇだぞ」

「どうしてそれがわかるのです？」

「馬鹿野郎。白狐ノ元締の耳目の広さを見くびるんじゃねぇ。元締は、手前ぇの仕事がやりやすいように、公領中に目を光らせていなさるんだ」

　卍屋に公事を依頼する者たちの素性を調べて、その公事が金になりそうかどうか、確かめているらしい。

「百姓衆が諍いを起こした時に、まず頼りにするのは名主の仲裁だ。小さな諍いなら、名主は手前ぇの一存で正邪を見定めて、道理が通らねぇほうを叱《しか》り飛ばして、それで片をつけてしまう。なんといっても公事には金がかかるからな。江戸までの路銀や公事宿の宿代は馬鹿にならねぇ。その銭はみんな、村入用《むらにゅうよう》から出るんだ」

　訴訟費用を村の公金から支払うのである。

「もちろん、名主に叱られたぐれぇで黙るようなヤツらじゃねぇって場合もある」

　思慮分別のある者なら、最初から諍いなど起こさない。道理がまったく通じないから訴訟沙汰《ざた》になるのだ。

「そんな馬鹿者を相手にした時に、名主の旦那方が頼りとなさるのは、俺たち博徒だ。街道筋に縄張りを構えた博徒の親分が、子分を率いて乗り込んで行って、聞き分けのねえ野郎や女《あま》に凄味を利かせる。それでも道理に耳を貸さねえようなら折檻だ」

江戸期を通じて役人たちが博徒の存在を黙認したのは、彼らが社会の維持に役立つからだ。

「という次第だからよ。村の名主の旦那衆に通じていなさる親分さんたちは、近在の村々でどんな諍いが起こっているのか、おおよそ諳《そら》んじていなさるってわけよ」

ところがである。名主や博徒の手には余る、どうにも大きな訴訟が起こる場合がある。名主の権力の及ぶ範囲――すなわち村の境界――を大きく越えての訴訟だ。隣村を相手にした諍いや、あるいは同じ村の中でも、領主の旗本が別人だったり（一つの村を複数の旗本が領有している）する場合など、名主の一存では手に負えない。

そうすると名主は、勘定奉行所の判断を仰ぐべく、公事の願をしたためて、江戸へとやってくる。

「旅をする名主が、跳ねっ返り者に襲われたりしたら大変だからな。名主の地元の親分さんが街道筋に回状を出して、道々守ってくれるように宿場ごとの親分に頼む事もあらぁ。宿場じゃ宿を世話してやる事もある。会えば話だってするだろう。名主がどこの公事宿を頼るつもりか、知る気になれば、すぐに知れるぜ」

「なるほど。どこの村の名主さんが、公事の願を懐にして、卍屋を頼って江戸に上ってこられるのか、街道筋の親分さんたちには一目瞭然なのですね」

「そういうことだ」

「とどのつまり、いくらでも金になりそうな公事を抱えた名主さんが、今、卍屋を目指していらっしゃる、というわけなのですね」

「察しがいいな。手前ぇもボヤボヤとはしていられねぇぞ」

「そうですねぇ。放っておいたらお甲ちゃんに、瞬くうちに公事を片づけられちまいますからねぇ」

「どうする。早速卍屋に乗り込むか。なんなら子分どもを貸してやってもいいぜ」

「そりゃあいけませんよ。あたしが卍屋の下代衆と喧嘩《けんか》を始めたら、あたしが偽者だってことが世間に露顕しちまいます。卍屋がある馬喰町《ばくろ》には、公事宿が何十軒も建ち並んでいるんですよ。油断のならない公事師が大勢住んでいる町です。そんな所で騒ぎを起こすわけには参りません」

「なら、どうするってんだい」

「なんとか考えましょう」

などと言いつつ、さも考えていそうな仕種《しぐさ》で空など見上げたのであるが、その顔には軽薄な薄笑いが張りついている。そのうえ、

「おや。いつの間にやら梅の蕾《つぼみ》が膨らんできたような……。寒い寒いと言いながら、春は確実に近づいているのですねぇ」

などと、広場に立つ梅の古木を見て言った。

「手前ぇは俳句の宗匠かよ。真面目にやれ！」

伝兵衛は悪罵《あくば》を浴びせた。

四

「御免下さいませ」

暖簾を払って旅の者が土間に入ってきた。

笠を取った顔は朴訥《ぼくとつ》として、いかにも実直そうに見える。寒さ除《よ》けの被布《ひふ》を着けて、その下の着物は尻端折《しりつぱしより》りにしていた。下肢にはパッチ（股引《ももひ》き）を穿《は》いて脛《すね》に脚絆《きやはん》を巻いていた。

帳場格子に陣取っていた菊蔵は、素早く相手の身分と身代を値踏みした。被布は旅塵《りよじん》を被《かぶ》っていたが、なかなかに結構な生地と仕立てだ。きちんと足袋《たび》を履いたうえに草履《ぞうり》をつけている。腰には道中差という短い刀を差している。旅の間だけは、百姓や町人も護身のための帯刀を許されるのだが、この刀もまた、金のかかっていそうな拵《こしら》えであった。

お供の二人も入ってきた。荷物はこの二人が担いでいる。

（なかなかの金持ちらしいな）

身分は百姓のようだが、百姓だからといって貧しいとは限らない。

日本左衛門という怪盗が東海道を荒し回ったことがあるのだが（歌舞伎で有名な日本駄右衛門のモデル）、一軒の庄屋屋敷から千両を盗み取ったという記録が残されている。江戸で暮らす旗本や御家人たちより遥かに富貴な百姓が、日本中にごまんと存在していたのだ。

その富貴な百姓が、卍屋に公事の手伝いを頼みに来たらしい。勝ち公事となれば多額の礼金が期待できそうだ。菊蔵は内心ほくそ笑みながら帳場格子を出て歩み寄り、正座し直した。

「宿をお求めにございやすか。それとも——」

意味ありげに目を向けると、男は、やや緊張した顔を向けてきた。

「こちらは、卍屋さんでよろしいですな」

看板を出しているのに確かめる。この粘っこい慎重さが、いかにも百姓らしい。まさか看板が読めなかったわけではないだろう。百姓だとて、本百姓（自分の田畑を持っている百姓）なら、文字の読み書きぐらいはできる。読み書きができないと村社会の自治に参画できない。

菊蔵は丁寧に頭を下げて答えた。

「へい。こちらが卍屋でございやす」

男は重ねて質《ただ》してきた。

「いま評判の、三代目甲太夫さんの公事宿で間違いございませぬな」

「ああ、これは！」

菊蔵は凄味のありすぎる悪人顔を、心の底から綻《ほころ》ばせた。

「いま評判の、などと、嬉しいことを仰《おっしゃ》って下さいます。左様でございますとも。三代目甲太夫が差配する公事宿でございます」

男は、ようやくホッと安堵《あんど》の気配を見せた。

「ああ、ようやく着きました。長い旅だった」

菊蔵は奥に声を掛けて、店の若い者を呼んだ。顔を出した小僧の新吉《しんきち》に、

「お客様がお荷物を下ろすのをお手伝いしなさい」

と命じた。お供が背負った大きな風呂敷包みを下ろさせて、早々に預かってしまおうという魂胆だ。万が一にも「やっぱり他の公事宿を頼ります」などと言い出されないように、荷物を座敷に運び上げてしまうわけである。

新吉は前髪立てで前掛けをつけた小僧だが、身体だけは大人顔負けに大きい。将来は頼もしい下代に育ってくれそうだ。たとえ下代になれずとも、相撲取りにはなれるだろうという体格であった。

「さぁ、どうぞお上がりを。大事なお話は座敷で伺います。長旅お疲れでしたでしょう。まずはゆるりとおくつろぎを。おい、お里！　濯ぎをお持ちして！　今日は寒いからね。湯をたっぷりと使うんだよ」

湯気の立つ小桶を抱えたお里がやってきて、客人の足を濯ぎ始める。その間にも新吉は、客の荷物を軽々と担いで二階座敷への階段を上っていった。

三人の百姓は二階の座敷の一つに入った。いかにも百姓らしく、きちんと膝を揃えて座っている。膝の前には茶托と茶菓子が置かれていたが、手をつけた様子はなかった。

廊下に通じる襖が開いて菊蔵が顔を覗《のぞ》かせた。腰を屈《かが》めた慇懃《いんぎん》な態度で入ってきて、襖を背にして正座した。

「へへっ」と、品のない顔つきで会釈《えしやく》する。

「まことに申し訳のねぇ話でござんすが、主の甲太夫はただいま、別の公事にかかりきりでございまして、公領を飛び回っておりやす」

百姓三人は互いに顔を見合わせた。真ん中の、最初に入ってきた男が代表して訊ねた。

「三代目甲太夫さんはお留守でしたか」

菊蔵は慌てて手を振った。顔は引きつった笑顔のままだ。

「いや、なに、二、三日中には戻って参《め》えりやす。いま取りかかっている公事も、間もなく片がつきましょう。どうぞ安心しておくんなさい」

「はぁ……」

男は不得要領の顔つきだ。菊蔵は続けて言った。

「そこで名代が、まずはお話を伺いやす」

「ご名代？」

「へい。二代目甲太夫の娘で、つまり卍屋の家付きの娘でございまして……」

「三代目甲太夫さんは入り婿で、お内儀さんがご名代、ということですかな」

菊蔵の顔が咄嗟《とっさ》に険しくなった。

「……そういうことに、なりやすか」

声音まで低くなる。丁稚《でっち》小僧の頃から卍屋に仕えてきた菊蔵にとっては、絶対に受け入れがたい話なのだが、しかし、対外的にはそういう話になっているのだから仕方がない。

（本当はこうだ、なんて事情が世間に知られたら、卍屋は御勘定奉行所をたばかった罪で、闕所《けっしょ》を言い渡されちまう）

お上を愚弄したお甲は遠島か、それとも死罪か。闕所は店じまいのうえ全財産を召し上げられる、という財産刑だ。

「どうかなさいましたか。お顔の色が悪いですが……」

男に言われて菊蔵はハッと我に返った。

「いえ、その、この寒さで冷えたせいか、ちっとばかり腹の具合が。最近歳のせいか、油っこい物を食べるっていうと覿面《てきめん》コレだ。ハッハッハ」

しどろもどろになりながら、尾籠《びろう》な話でごまかした。

「厠《かわや》に行かれたほうが宜しいのでは」

本気で心配されてしまい、慌てて手を振る。

「いえ、大丈夫《でえじょうぶ》でございやす」

渋い顔つきの作り笑顔が、いかにも切羽詰まって見える、ということに、菊蔵は気づいていなかった。

その時、衣擦《きぬず》れの音とともにお甲が座敷に入ってきた。女人にしては上背のあるほうで、そのうえ髷を高々と結い上げている。袴《はかま》を穿き、白足袋を履き、薄紫色の羽織を着けていた。

公領の農村では絶対に目にすることのない風体だ。百姓三人は目を丸くさせて驚いている。

日本人は、まずは見た目で人を判断する。逆に言えば、見た目に凝ればそれだけで相手の目を晦ませることができる――ということだ。お甲は百姓三人が呆気《あっけ》にとられているのを横目で見て、異彩を放つ装束が十分に効果を発揮したことを確かめてから、腰を下ろした。

「二代目甲太夫の娘、お甲でございます」

気の強いお甲も、さすがに、三代目甲太夫の妻を名乗る気にはならなかったので、そのように自己紹介をした。

「このたびは、ようこそ卍屋に足をお運びくださいました。主が留守だとて、このままお帰りいただくのは心苦しゅうございます。さればこの名代が、お話をお伺いいたしとうございます」

すかさず菊蔵が口添えする。

「うちの名代は小娘の頃から先代の公事に首を突っこんでおりやしたんで。ですから江戸の公事のことはよぅく呑み込んでおりやす。どうぞご安心を」

「菊蔵！」

お転婆盛りの恥ずかしい話を持ち出され、さしものお甲も頬をすこし染めた。それから急いで百姓三人に向き直った。

「下代頭の菊蔵も共に伺いますゆえ、万が一にも遺漏はございませぬ」

百姓の男は、話を呑み込んだ様子で頷いた。

「三代目甲太夫さんは、あちこちから公事を頼まれてお忙しい身でございましょう。無理にも会わせろ、などと言えた義理はございませぬ。わかりました。それではお内儀さんと下代頭さんに、手前どもの村の話をお聞きいただきます」

「聞きましょう」

「どうぞお話しくだせえ」

お甲と菊蔵が答えた。男は背筋を伸ばし直した。

「手前の名は仁右衛門《にえもん》と申します」

「仁右衛門様でございますな」

菊蔵が腰から下げた大福帳を開いて、矢立の筆を取り、記帳しながら確かめた。

「生国は上州甘楽郡《かんらのこおり》、石田村にございます。憚りながら手前は村の名主を務めさせていただいております」

「それはご大層なご身分。名主様が御自ら足をお運びくださいますとは。卍屋にとっても冥利《みょうり》に尽きまする」

お甲が褒めると、名主の仁右衛門は照れくさそうに、しかし心底嬉しそうに微笑んだ。

「名主の任に堪《た》えられるほどの才もなく、頼りない青二才よ、と、村の者から悪《あ》し様《ざま》に物申されております」

「それは、ご謙遜が過ぎましょう」

「いいえ。手前は、兄の代わりに名主を任されたに過ぎませぬ。手前の兄はもう亡くなった者ゆえ、臆面もなく身内褒めもいたしますが、実によくできた男でございました。それに引き換え手前は……」

暫時、恥じ入った様子で顔を伏せて、

「村の揉《も》め事も治めることもできず、お上のお手を煩わせるようなことになってしまい……」

公事の裁きを勘定奉行所に頼むことを恥じているのであろう。

「兄が存命ならば、このような無様な話にはならなかったものをと、そればかりが悔やまれてならず……」

ついには目元を手拭いで押さえ始めた。

「手前の村は、我が兄の久左衛門《きゅうざえもん》が名主を務めておりました頃から、窮乏著しく、年貢をお納めすることすら儘《まま》ならず……」

石田村の困窮ぶりを長々と語りだす。

「久左衛門は、せめて年貢の軽減をお願いしようと、嘆願のために江戸に赴く途中、利根《とね》川の渡しで乗っていた舟が覆《くつがえ》り、妻ともども、水死いたしました」

「なんと。お内儀様もでございますか」

「あるいは覚悟の自死だったのかも知れぬのです……。久左衛門の死を知ったお代官様は、石田村の窮状をお嘆きになり、年貢の軽減をお許し下されたのです」

「兄上様の死は、無駄ではなかった、ということですね」

「兄の遺徳で、愚弟の手前が名主を継ぐこととなりましたが、手前にはとても、兄のような覚悟はございませぬ」

兄の死について悔やんだ挙げ句に涙を滲《にじ》ませた。自分で言う通りの駄目男なのかも知れないが、しかし、名主は単純な世襲でなれるものではなく、村人の入れ札（選挙）や代官の承認が必要とされる。それなりに有能で、気力も責任能力もある者が選ばれるので、この仁右衛門も平素は立派な男であるはずだ。

それがこんなに気弱な様子を、憚りもなく見せているのは、心の余裕が失われている証拠だ。とてつもない難題を彼の村が抱え込んでしまっている、ということだと思われた。

（これはよほどに気を引き締めてかからなければ）

お甲はそう思い、そしてそれゆえに、公事師としてのやり甲斐《がい》を感じた。

「それで、仁右衛門様。あなた様の村では、どのような諍いが起こっているのでございましょうか」

仁右衛門に泣かれていても始まらない。話の先を促す。

仁右衛門は涙を拭った手拭いを懐に納めて語りだした。

「手前の村の用水池を、宿《しゅく》を仕切るヤクザ者に、奪われようとしておるのでございます」

「用水池を？」

どうしてヤクザ者がそんなものに目をつけたのか。理由がさっぱりわからない。

「なんだか、おそろしく込み入った話のようですぜ」

菊蔵がお甲の耳元で囁《ささや》いた。

五

「おい、出てきやがったぞ」

通りを駆け戻ってきた伝兵衛が、いかさま師に告げた。

一膳飯屋が通りに面して並べた縁台に、いかさま師が腰を下ろしている。上物の合羽《かっぱ》を背負った旅姿で、粋に構えた煙管を口に咥《くわ》えていた。

伝兵衛はいかさま師の前で腰を屈めた。

「卍屋に入った客だ。石田村の名主の仁右衛門だぜ」

通りを仁右衛門が歩いてくる。

いかさま師は口許に笑みを含んだまま、伝兵衛をちょっと見上げて訊ねた。

「どうして卍屋から出てきたんだろうね」

「湯屋に浸《つ》かりに行くんだろうよ」

「ああ、なるほど」

いかさま師は縁台に据えてあった灰吹きに煙管を打ちつけた。腰から下げた莨入れに煙管をしまいながら立ち上がる。

「それじゃあ帰り道がいいだろうね。帰り道で待ち伏せるとしよう」

伝兵衛は思わず「へい」と答えそうになり、慌てて顔つきを怒らせた。

「なんだって手前ぇなんぞに指図されなくちゃならねぇんだよ！」

「まぁまぁ、そう仰いますな。あたしは卍屋甲太夫の三代目。向こう傷ノ親分さんはその下代でございます。こっちが役に成りきらなければ、あちらを騙すことはできませんよ」

「クソッ」

伝兵衛は毒づいたが、しかし、確かに今のいかさま師は、切れ者の公事師らしい

貫禄を感じさせている。それゆえ伝兵衛も小者のようにかしずいてしまうわけだが、

「やっぱり胸くそ悪いぜ！」

伝兵衛は吐き捨てた。


淀屋《よどや》市右衛門《いちえもん》は馬喰町の公事宿仲間では長老格と目されている。月番の肝煎り役を何度も務めた重鎮であった。

市右衛門は几帳面な男で、公事宿の帳づけも下代任せにはせず、自分から帳場格子に座って記帳する。でっぷりと肥えた姿で机に向かい、主が筆をとる姿など、滅多に見られるものではない。一風変わった男ではあるのだが、この、何事も自分の目で確かめなければ気が済まないという性格のお陰で、難しい公事の数々を見事に解決することができたのだ。

「御免なさいよ」

暖簾を捲《めく》って何者かが土間に入ってきた。捲れた暖簾の隙間《すきま》から射し込んだ夕陽が長く伸びて、帳場の奥まで照らした。

市右衛門はチラリと目を向けた。そして「おお」と声を漏らした。

「三代目甲太夫さんじゃないか」

目を細めたのは眩《まぶ》しかったからではない。市右衛門は三代目甲太夫をいたく気に入っていたのだ。三代目甲太夫を卍屋の継嗣だと真っ先に認めて、公事宿仲間と勘定奉行所にも承認させた。素性のはっきりとせぬ三代目が無事に卍屋を継ぐことができたのは、月番肝入りとしての、淀屋市右衛門の働き掛けがあったからだ。

「三代目さん、いらっしぇやし」

淀屋の下代たちも出てきて、三代目甲太夫に会釈する。

三代目甲太夫は市右衛門に向かって低頭した。

「一別以来、すっかりの無沙汰で面目次第もございやせん。この通り、お詫び申し上げやす」

三代目甲太夫は顔を上げると蕩けるような笑顔を浮かべた。市右衛門も釣られて微笑んだ。

「その旅姿から察するに、公領を所狭しと走り回っているようだね。仕事専一、なによりのことだ」

「へい。あっしには良く出来た女房がおりやすから。心置きなく江戸を離れることができやす」

市右衛門は笑った。

「よくもぬけぬけと惚気《のろけ》るものだよ」

三代目甲太夫も軽やかに笑った。淀屋の下代たちもドッと笑う。

「お前さんのような切れ者が現われてくれて、江戸の公事宿仲間もしばらくは安泰だ。なんと言っても、あの飛車屋《ひしゃや》の悪事を暴いてくれたのが嬉しいよ。あのまま飛車屋にのさばらせていたら、遠からず江戸の公事は根っこから腐り果てていたことだろうからね」

卍屋を乗っ取ろうとした悪徳公事師、飛車屋六左衛門《ろくざえもん》の悪巧みに、一時的とはいえ淀屋市右衛門も加担する格好になっていた。市右衛門にとっては生涯の痛恨事だ。

「あたしも歳かね。人を見る目がすっかり曇っちまった。ここらで隠居して、後のことはあんたのような若い者に任せようかね」

「ご冗談はよしておくんなせぇ」

三代目甲太夫は笑顔で手を振った。

「こんなご時世だからこそ、淀屋さんのような長老に目を光らせていてもらわなくちゃなりやせん。もう一踏ん張りも、二踏ん張りもしていただかねぇことには、公領のお百姓衆が安心して暮らしてゆけやせんぜ」

「嬉しいことを言ってくれる」

市右衛門は腰を浮かした。

「上がっていくかね」

その時、淀屋の前を通り掛かった男が、なにやら奇妙なくしゃみをした。三代目甲太夫は表情も変えずに、首を横に振った。

「もうすぐ日が暮れやす。お客人に夕餉《ゆうげ》を出さなくちゃならねぇ刻限だ。公事宿稼業が一番忙しい時ですぜ。遠慮させていただきやす」

「そうかね」

市右衛門はなにやら名残《なごり》惜しそうな顔をした。三代目甲太夫は笑顔を市右衛門に向けた。

「江戸に戻って、なにはさておき月番肝煎りに挨拶せにゃあなるめぇと、顔を出した次第にございやす。あっしの帰りを女房も待っておりやすんで、今日のところはこれで御免蒙《こうむ》りやす」

「また、臆面もなく惚気るものだ」

三代目甲太夫は淀屋の者たちの笑顔に見送られて外に出る。下代たちが暖簾を払って、表道まで送り出してくれた。

「それじゃあ、三代目甲太夫さん。後でまた寄っておくれ。公領の今の様子も聞きたいから」

戸口まで出てきた市右衛門が言う。三代目甲太夫も向き直って低頭した。

「へい。きっと寄らせていただきやす」

「三代目、お気をつけて」

「またのお越しをお待ちしておりやす」

下代たちの太い声に送られて、三代目甲太夫は表道を歩き出した。

その時、背後から急ぎ足で駆け寄ってきた者がいた。

「もうし、お頼み申します。もしや、卍屋甲太夫の三代目さんではございませんか?」

三代目甲太夫は「おや?」という顔をして振り返った。

「いかにも手前が卍屋甲太夫三代目でございますが、そちら様は」

湯上がりの濡れた手拭いを片手に持った男が、真剣な顔で歩み寄ってきた。

「手前は上州石田村の名主で、仁右衛門と申します」

「上州石田村の名主さん」

心当たりはない――という顔つきで三代目甲太夫は首を傾げた。仁右衛門は急いで続けた。

「公事のお手伝いをお願いいたしたく、今日、江戸に出てきたのでございます」

「左様で」

「手前の話は、お内儀さんと下代頭さんにお聞きいただいたのですが――」

「お甲と菊蔵にですか」

「その通りです。更めてお願い申し上げます。手前の村の公事に、なにとぞ、お力をお貸しくださいい。三代目甲太夫さんの見事なお働きは手前どもの耳にも入っております。手前どもの難事を除いてくださるのは卍屋さんしかいない、そう考えて、江戸まで旅してきたのでございます」

三代目甲太夫は仁右衛門の顔をじーっと見つめていたが、急にパッと破顔した。

「そういうお話なら、料理茶屋の座敷で伺いましょう」

「えっ」

「手前の馴染《なじ》みの店がありますので。そちらの座敷で」

「卍屋さんにお戻りになるのではないのですか」

三代目甲太夫は意味ありげに笑った。

「公事宿の飯はお世辞にも美味《うま》くはないですからね」

公事宿は普通の旅籠とは異なるので、一般の旅籠が用意している楽しみを客に提供することはない。美味な料理も、音曲も、遊女も一切ない。逆にそういった遊興を提供すると、勘定奉行所から厳しいお咎《とが》めを食らうのだ。

「勝ち公事を祝っての宴会ぐらいは、酒を過ごしても大めに見てもらえますがね。普段はお一人につき一合だけ。酒飲みにはかえって辛《つら》い酒量でございましてね。ですから料理茶屋へご案内しようというわけで。なぁに、銭の払いの心配はいりません。あたしが持ちます」

「これは……。さばけた公事師さんだ」

仁右衛門も呆気にとられた様子である。

三代目甲太夫はニヤーッと笑った。

「ただし、勝ち公事の宴会では、そちら様の村入用から、たんと払っていただきますよ」

「もちろん、勝ち公事なら、祝儀を惜しむものではございません」

「それは良かった。この三代目甲太夫がついております。仁右衛門さんには、既にして公事には勝ったおつもりで……左様、祝儀の銭勘定でもしていただきましょうかな！　ハハハハ！」

「これは、ますます畏《おそ》れ入りました」

三代目甲太夫は高笑いを響かせながら、仁右衛門を連れて馬喰町を離れた。

卍屋の目の届かぬ所で仁右衛門から公事の内容を聞き出す魂胆で、隣町の料理茶屋に登楼しようというのであった。

いそいそと町を出て行く二人の背中を、伝兵衛が、向こう傷をしかめて見送った。

「いかさま野郎め。まんまと名主を誑かしやがった」

まったく畏れ入った早業だ。

伝兵衛は淀屋の看板を見上げた。

「手前ぇの身元を聞かせるために、月番の肝煎りの公事師まで使うなんてなぁ」

淀屋から見送られながら出てくれれば、通り掛かった者の耳に三代目甲太夫の名が届くはず。いかさま師はそう言って、わざわざ淀屋に乗り込んだのだ。そして仁右衛門が銭湯から戻ったところを見計らって、表通りに出てきたのである。

仁右衛門を追《つ》けて、頃合いを計り、合図のくしゃみを送ったのは伝兵衛だ。なにやらいかさま師に使われているようで業腹だったが、これも大金を掠《かす》め取るためだと自分に言い聞かせて怒りを堪《こら》えた。

「淀屋の市右衛門まで、いかさま野郎に丸め込まれていやがるとは……」

かつては江戸中にその名を轟かせた腕利きの公事師がなんたることか。

もっとも昨今は加齢による衰えも目立つという噂であったが。

(いかさま野郎の仕掛けも見抜けねぇほどに老いぼれちまったらしいや。そんなら野郎のいかさまも、首尾よく運ぶかもわからねぇ)

ニヤニヤと薄笑いを浮かべながら伝兵衛は、町の雑踏の中に姿を隠した。

第二章　再び上州路

一

夕刻、卍屋に訪《おとな》いを入れた喜十郎は、上州石田村に関する調べ書きをお甲の前に広げた。

勘定奉行所公事方の書物蔵には、公領の村々の統治に必要な書類がすべて揃っている。それらの中から公事に必要な情報を書き写して、お甲に届けていたのだ。

奥座敷に差し向かいで座り、お甲が石田村の地図に目を向けている。実に真剣そのものの顔つきだ。

(げにも頼もしい公事師だな)

などと喜十郎は、半ばは感心、半ばは（女人の身でそこまで励まずとも良かろうものを）という思いで見守った。

「これが懸案の用水池にございますね」

お甲が地図を指差した。水色の染料で着色されている。地図上でかなり大きな面積を占めていた。

「左様だ」

相原は頷いた。

「石田村での諍いは、上州岩鼻《いわはな》の代官所からも報告が上がっておった」

「ということは、岩鼻のお代官様のご一存では裁くことのできぬ一大事、ということになりますね」

「そういうことだな。だからこそ名主の仁右衛門は、江戸の勘定奉行所に公事を持ち込んだのであろう」

代官の裁量権は意外に小さい。支配地で捕らえた罪人も、わざわざ江戸の牢屋敷に送ってくる。

代官に権力を与えすぎると地方の領主になってしまうと幕府は考えている。どんな些事《さじ》でも江戸の奉行所で合議させることによって、代官の権力肥大を押さえこもうとしていたのだ。

そのため代官は、代官になってしまったがために借金だけが残った、などという悲惨な目に遭わされるのだが、それはさておき、お甲は決然と頷いた。

「されば、わたしが自ら石田村に乗り込んで、彼の地で何が起こっているのか、正邪を見定めて参りまする」

「やはり行くのか」

相原喜十郎の表情は冴えない。

「なにもそなたが行かずとも……」

「これは凡百の公事ではございませぬ。下代任せにはできませぬ」

たしかに、ひとつの村の向後がかかった大問題であるのかもしれない。公領の治安と平穏の維持は、勘定奉行所のもっとも大事な役目であり、そのために公事宿を配して公事の手伝いを命じているわけだが、

（公事は、他人の諍いに手を突っ込んで、かき回すに等しい……）

裁きの結果、一方を悪だと決めつけるのだ。決めつけられた方には当然、遺恨が残る。逆恨みの結果、凶行に及ぶ者も珍しくはない。

（そのような恐ろしい仕事に関わることもなかろうに……）

もっと穏やかな暮らしを選ぶことができるはずだ。

(危ない目には遭ってほしくない)

愛する者として当然そう思う。

しかしお甲は生まれついての公事師であった。これが天職だ。お甲自らそう信じている。喜十郎が翻意を促しても、この仕事から手を引くことはないだろう。

(今の江戸には、お甲ほどの才覚を持った公事師はおらぬ)

勘定奉行所としては、今後とも力を尽くして励め、お上の仕事に力を貸せ、と、頼みたいくらいの人材なのだ。

「早速にも明朝、江戸を発《た》ちまする」

喜十郎の気持ちも知らず、お甲は意気揚々と告げた。

喜十郎はわずかに沈黙した後で、ポツリと呟《つぶや》いた。

「あの男は……」

「はい?」

お甲が喜十郎の顔を覗きこんでくる。喜十郎は質した。

「三代目甲太夫を騙ったあの男は、まだ見つからぬのか」

お甲は、やや、感情を損ねた顔をした。

「何故、そのようなことをお訊《たず》ねになるのです」

「あの男が、そなたの盾になってくれるのではあるまいか、と、思ったのだ」

「盾？」

「三代目甲太夫の名が上がれば上がるほど、三代目甲太夫を邪魔だと思う曲者《くせもの》どもも増えようぞ。手にかけてくれよう、などと企む痴《し》れ者《もの》が出てこないとも限らぬ」

「あの男を、三代目甲太夫として表に立てていれば、凶刃はあの男に向けられる。このお甲の身は安泰だ、と、仰るのですか」

お甲の表情が険しい。喜十郎は答えた。

「その通りだ」

お甲は首を横に振った。

「あの男は、まちがいなく騙り者です。人を騙すことを稼業としておる悪党に違いありません」

「で、あろうな」

お甲も喜十郎も公事に関わってきた人間だ。あの男がいかさま師だということは、すぐにわかった。

「だがな、お甲。あの者が飛車屋親子の悪事を暴かなんだら、今頃この卍屋は飛車屋の手に落ちていたのだぞ」

お甲は唇を噛んで顔を背《そむ》けた。まんまと飛車屋の悪巧みに乗せられていたことは、お甲にとっても深い心の傷になっている。

「あの時は、わたしも調子に乗っておりました。三代目甲太夫の名を上げることにのみ心を囚《とら》われて……」

自省の弁を口にしてから、キッと顔を上げた。

「二度と同じ過ちを犯しはいたしませぬ」

「あの男の処遇はどうする。勘定奉行所も公事宿仲間も、あの男を卍屋の継嗣と認めた。そして、わしもそなたも、本当の事を言い出すことはできなかった。そなたの身を守るためだ」

「わかっております」

お甲は少し考えてから続けた。

「あの者には褒美《ほうび》を与えます。卍屋を救ってくれた礼です」

「それで」

「そのうえで二度と卍屋には関わらぬように言いつけます。もしもその言に従わぬようなら、捕らえてお上に突き出します」

「そなたもただでは済まぬぞ」

「そうならぬように、あの者に厳しく言いつけるのです」

「脅す、ということか」

卍屋には強面《こわもて》の下代たちがいる。手荒な話であるが、相手も悪党。避けられない話かもしれない。

（騙り者に公事宿を乗っ取られたりしたら、そっちのほうが大事《おおごと》だ）

公事の公正さを守るためには、仕方のない処置であろうと、喜十郎は自分に言い聞かせた。もちろんお甲も同じ思いに違いなかった。

「だが、あの者が素直に言いつけに従うようであるならば、盾として使うことも、考えの内に入れておけ」

お甲はまったく気が進まぬ様子であったが、

「お言葉に従います」

と言って、低頭した。

上野国《こうずけのくに》の南部には中山道《なかせんどう》が通っている。日本の大街道だ。

大きな街道からは、何本もの脇道が分岐している。それらの道には行き先を冠した名がつけられていることが多かったが（伊香保《いかほ》道、前橋道など）、まったく名もなき細い小道もたくさんあった。道の先にはそれぞれ村や集落があって、そこに暮らす者たちにとっては大切な生活道であり、勘定奉行所の役人にとっては、村から年貢を運び出すための輸送路として重要であった。

細道の一つをお甲たち一行が旅している。お甲は笠を被り、薄紫色の被布を着け、海老茶色《えびちゃいろ》の裁《た》っ着《つ》け袴《ばかま》（歩くのに邪魔にならないように裾が細くなっている袴）を穿いていた。手には愛用の杖《つえ》。見慣れぬ装束と凜然《りんぜん》とした美貌は、道行く人々の視線を惹《ひ》かずにはおかなかった。

しかし旅人は、迂闊《うかつ》に好奇の眼差《まなざ》しを向けることもできなかった。お甲の前後を強面の下代たちが固めていたからだ。

下代頭の菊蔵以下、二十歳そこそこで見習い下代の辰之助《たつのすけ》など、普段は旅籠で下働きをしている若い者たちが五名ほど従っていた。

傍目《はため》には、どこぞの博徒の一人娘が、組の者を従えて旅する姿に見えたかも知れない。江戸の公事宿の下代たちは、街道筋の博徒も恐れる強面の集団だ。

一行は渡し舟で川を渡って、問題の石田村に入った。船着場には「これより石田村」と彫られた石の道標が立っていた。

お甲たちが舟を降りると、すかさず村の者たちが迎えに歩み寄ってきた。羽織姿の仁右衛門が、目を細めて低頭した。

「遠い所までようこそ足をお運びくださいました。御勘定奉行所の相原様から書状を頂戴いたしております」

〝公事を円滑に進めるために公事宿の者を派遣したので、役人の代理として遇するように〟と書状で言いつけられたのであろう。

勘定奉行所の役人も、おのれの権威と権力が絶対だ――などとは思っていない。それどころか、公事をしくじって領民たちの機嫌を損ね、一揆《いっき》など起こされたら責任問題になると恐れている。一揆の規模によっては勘定奉行が罷免《ひめん》されることすらあったのだ。

勘定奉行所は、念には念を入れて情報収集に当たった。公事師はその密偵でもある。なにしろ〝お上は絶対に間違いを犯さない〟という建前があるから大変だ。公事宿が江戸に百軒以上もあったのは、公正な公事のためにそれだけの公事師が必要とされていたからなのだ。正確な数は不明だが、百五十軒は間違いなくあったと思われる。一刀両断に乱暴な裁きを下すだけなら、奉行が一人いれば良い。

仁右衛門の左右には、それぞれ四十絡みの男たちが立っていた。仁右衛門が紹介する。

「手前の手代にございます」

名主の屋敷で名主の仕事を補佐する者を手代という。名主（庄屋）屋敷は村を統治する役場でもあり、出身階層は百姓だが、名主も手代も役人と見做《みな》されていた。

手代の二人を紹介した後で仁右衛門は、卍屋一行の顔を一人一人確かめた。

「三代目甲太夫さんは、お越しにならなかったのですな」

お甲は、ここが先途とばかりに気を張って、同時に胸も張った。

「生憎《あいにく》と甲太夫は、別の公事から手が放せないことになってしまいまして」

「ほう、左様でしたか。さすがは評判の甲太夫さんだ。公事の願は引きも切らずでございましょうからね」

「過分なお褒めを頂戴しました。かような次第で名代であるわたしが参じました。お怒りのこととは存じますが、なにとぞ、ご寛恕《かんじょ》くださいませ」

「いやいや。怒っているなどとは滅相もない」

仁右衛門は笑顔で手を振った。

「こんなに大勢の下代さんがたを送っていただき、三代目甲太夫さんの意気込みの程が知れました。卍屋さんに頼んで良かったと思っておりますよ」

「有り難いお言葉でございます」

お甲は再び低頭した。

お甲は、まさか仁右衛門が、三代目甲太夫――を騙るいかさま師と顔を合わせて公事について詳しく語り合ったとは思っていない。仁右衛門が全幅の信頼を寄せてくれることを怪訝《けげん》に感じながらも、公事師らしい顔つきで、自信ありそうに頷いて見せた。

我こそが本当の三代目甲太夫。赫々《かっかく》たる手柄の数々を関八州に轟かせた切れ者公事師だ。飛車屋六左衛門には足を掬《すく》われたが、あのような失態は二度と犯すものではない。おのれの力量に対する自信が揺らぐことはなかった。

「それでは手前の屋敷にご案内いたしましょう」

仁右衛門がお甲たちに背を向けようとした。

お甲は「お待ちを」と、声を掛けた。

「なんでしょうかな」

仁右衛門が振り返る。お甲は仁右衛門に正面から目を向けた。

「まずは村の様子を拝見いたしとうございます。ことに、諍いの元になっている用水池を見とうございます」

「これはこれは、お役目熱心なご名代様ですな」

仁右衛門は嬉しそうに笑った。

「では、そのように取り計らいましょう。左様ですな、村を一望にできる丘に上っていただきましょうか」

お甲にとっては、願ってもない話だ。

二

上野国の南部には関東平野が広がっているが、北部と西部には峨々《がが》たる山地が連なっている。上野国は造山活動が進行中の活火山地帯で、溶岩が剝《む》き出しの険しい山容が目立った。

「なんだかすげぇ所に来ちまった。仙人様でも住んでいそうだ」

若い下代の辰之助は、上州に初めて足を踏み入れたので、山並みの険しさに目を丸くさせている。そんな辰之助を菊蔵が含み笑いで見つめていた。

「さて、ご名代さん。この場所からなら、村の様子がよく見えまする」

丘の頂きの、木が伐《き》り払われた場所に仁右衛門が立った。展望のために木を伐ったわけではない。家を建てる材木や、煮炊きの薪を得るために伐採したのであろうが、それにしても見事な展望だ。眼下の村がよく見えた。

「ほう、これは」

客の前では滅多に表情を変えないお甲が、珍しく歓声を漏らしてしまったほどだ。

冬の田畑が広がっている。村は突き出した二つの台地に挟まれた場所にあって、大雑把に見れば三角形をしており、その真ん中を一本の細い川が流れていた。

「手前の差配する石田村は、田が五十町ほどございます」

一町（約一万平方メートル）の田から、約十石の米が収穫できる。ということは石田村のおよその石高は五百石ということになる。

「本百姓の戸数が七十八軒。水呑み百姓を合わせて、村人は三百八十人ほど住んでおります」

本百姓は自分の農地を持つ百姓。水呑み百姓（小作農）は他人の田畑を耕して、手間賃を受け取る者たちだ。

江戸時代の〝村〟は、現在の字《あざ》や大字《おおあざ》に相当する。代官所によって村の境が定められているので、耕地の広さや村民の数はどの村でもほとんど同じであった。

川の向こうに池が見えた。水面《みなも》が薄日に照らされて光っていた。

「あれが諍いの元になっている用水池でございますね」

お甲が確かめると、仁右衛門は暗い顔つきで頷いた。

「まったく面倒の元です。この村には、あんな池など必要ない」

温厚で笑顔の絶えぬ仁右衛門にしては珍しく、苦々しげに吐き捨てた。用水池を巡る騒動に巻き込まれ、心底から嫌気がさしているのだろうか。

お甲はさらに目を凝らした。村の中を一本の道が延びている。船着場から村に向かって歩いて行けば、その道に通じる。

道を挟んで町家が見えた。こういう町を宿《しゅく》という。家の数はおよそ四十軒ほどか。

村の暮らしは百姓たちだけでは成り立たない。どんな小さな村にもかならず宿があって、職人や商人が住んでいる。鍛冶屋《かじや》がいないと農具や、煮炊きの釜を手に入れることも、直すこともできない。鍛冶屋がいても棒屋（車軸や農具の柄などを作る職人）が柄を作ってくれないと農具にならない。車屋がいないと荷車にも事欠くことになる。他にも医者や産婆や馬医が必要だ。古着を商う店や、塩や油を売る店、そして農村なのに米屋が必ず必要だった。

百姓たちは自分たちが作った米を年貢として取り上げられる。武士たちはその米を売って現金にするのだが、その米を誰が買うのかといえば、日本の人口の八割以上を占めていた農民が買うのである。農民は野菜作りや機織りなどの副業で稼いだ金で米を買い戻す。そしてその金が、巡り巡って武士の生活費となる。

当時の日本は米を輸出してはいない。国内で取れた米は毎年、国内で完全に消費されていたはずだ。その米を消費できるのは、国民の大多数を占めていた農民たちしかいない。

まったく道理に合わない話で、理解するのが難しい。だから「江戸時代の百姓は、自分たちが作った米を食べることができなかった」などという勘違いが世に広まってしまったのであろう。

かような次第でどんな寒村にも貨幣経済が浸透している。

逆に、お甲のような立場の者から見れば、昔ながらの農村と幕府の統治機構が、貨幣経済の発達にそぐわなくなったことこそが、世の諍いの元であると思えてならないのである。

「あの宿を仕切っているのが、博徒の悪四郎《あくしろう》にございます」

苦々しげに仁右衛門が言った。

「悪四郎は宿を仕切って、好き勝手に振る舞っておるのです」

仁右衛門は眼下を指差した。

「あの道を通って、杣人の衆が山に入ります。炭焼きが山から下りて来ることもあります。もちろん猟師も通います。悪四郎は彼らの懐を当てにして賭場を開帳している悪党でございましてね。お代官所に取り締まりをお願いいたしているのですが、お役人様が駆けつけると、どういうわけだか逃げおおせてしまうのですよ」

それは役人と癒着しているからに違いない。

博徒の存在は役人たちにとって、痛し痒《かゆ》しだ。勘定奉行所や道中奉行（五街道を管理している）の少ない定員と予算では、公領全体を支配できない。どうしても、地元の有力者である博徒の力を借りなければならない。表向きには取り締まるふうを装いながら、裏では主従関係を築いていたのだ。

仁右衛門と名主屋敷の手代たちも、百姓身分なのに役人の仕事を請け負っている。博徒もそれと同じことだ。仁右衛門と、その悪四郎なる博徒は、村の統治機構の、表と裏の顔役なのだ。村方（百姓と田畑）の顔役が名主で、宿（町家）の顔役が悪四郎。綺麗に役割が分担されて、お上も満足していたはずなのである。

ところが、その状況が一変したらしい。

「悪四郎めは、用水池に目をつけたのですよ。用水池を我が物として、村方にまで魔の手を伸ばそうとしておるのです」

お甲は理解しがたい顔をした。

「博徒がでございますか？　それは、どうして」

仁右衛門は顰《しか》め面《つら》を横に振った。

「悪党が何を企んでいるのかなど、手前にはわかりませぬし、わかりたいとも思いませぬ。一言で申せば、ただただ欲が深い、ということにございましょう」

「なるほど」

「困ったことに、一部の百姓衆が悪四郎めに誑かされ、かの者の悪事に加担する気配を見せておるのでございますよ」

お甲はまたも驚いた。

「お百姓衆がでございますか？　名主様にも従わず」

およそありうべからざる話だ。反乱に近い。

「それはまた、どうして」

きっと深い事情があるはずだ、と思って質すと、仁右衛門はなにやら悲しそうな顔をした。

「やはり、手前の不徳が原因でございましょう。なにしろ手前は兄の衣鉢《いはつ》を継いだだけの不肖の身。兄が名主だったので、弟が名主になったというだけの話。兄はたいへん良くできた男でございましたから、手前はずいぶんと見劣りがいたします。百姓衆からすれば、不満も多いのでございましょう」

グチグチと自虐の弁を重ねられ、お甲はいささか鬱陶《うっとう》しくなってきた。自分が男勝りであるだけに尚更《なおさら》だ。

「博徒が村方に口を挟むなど、許されてよい話ではございませぬ。必ずや撥《は》ね除《の》けねばなりませぬ」

憤って言うと仁右衛門は頷いた。

「ですから公事に訴えた次第にございまして」

お甲は大きく頷き返した。

「きっと公事で勝ちを収めて、博徒を退けてくれましょう」

仁右衛門は嬉しそうに顔を綻ばせた。手代の二人も歓声を上げて、互いに手など握りあっている。

それを見たお甲は、ますます公事へのやり甲斐を感じるのであった。

三

「やれやれ。また上州か」

破れ笠を被り、よれよれの着物に旅塵を被った榊原主水が、上州の山並みを遠望しながら呟いた。

袴は穿いているが羽織は着ていない。寒空の下を旅するには薄着にすぎる格好だ。腰に差した刀は、いかにも実戦向きの剛刀だが、鞘《さや》の塗りは剝げている。まさに〝絵に描いたような〟貧乏浪人の姿であった。

「上州の枯れ野と空《から》っ風が、良くお似合いでございますよ」

いかさま師が笑顔で皮肉った。榊原主水自身、この荒寥《こうりょう》とした風景に溶け込んでいる我が身を自覚しているが故に、応える悪口であった。

しかもいかさま師は、どこの大店《おおだな》の主か、という格好をしている。寒さ除けの外套の被布も、上質な生地で仕立てられていた。

「黙らぬか」

癪《しゃく》に障って怒鳴りつけたいところなのだが、空腹でその元気も出てこない。

（銭に窮してこんな男の誘いに乗ってしまったが……）

いい加減に手を切った方が良いのではあるまいか、と、思わぬでもなかった。

「約束の銭は貰《もら》えるのであろうな」

銭勘定に煩《うるさ》いなど、武士として誇れた話ではないのだが、背に腹は換えられない。

愚痴っぽく質すと、いかさま師はいつものように軽薄な笑顔で答えた。

「間もなく伝兵衛さんが迎えに来るはずです。路銀さえ頂戴できれば、街道の茶店で団子ぐらいにはありつけますよ」

「向こう傷ノ伝兵衛か」

「先に乗り込んで、いろいろと調べてくださっています」

「働き者だな」

「銭の臭《にお》いがプンプンとしますからねぇ」

身も蓋《ふた》もない物言いをして、いかさま師は笑った。

風が吹いて来た。凄まじい土埃《つちぼこり》を運んでくる。榊原は目をきつくつぶった。

「これだから上州は嫌だ」

武士にあるまじきことながら、小声で泣き言を漏らした。

空っ風が博徒の合羽を吹きあげている。博徒は笠を前に傾け、合羽の襟《えり》を掻《か》き合わせながら歩んできた。長身で痩軀《そうく》、腰には粗末な拵えの道中差を帯びている。

枯れ芒《すすき》の中を延びる街道を歩んでいくと、彼方《かなた》に小さな宿が見えてきた。

板屋根に石をのせた粗末な家屋が二十軒ばかり、身を寄せ合うようにして建っている。一見して廃屋のようであったけれども、屋根の下の煙り抜き穴からは炊煙が上がっていた。

坂東《ばんどう》北部の僻地では良く見かける宿の光景だ。宿を流れる用水には水車小屋が掛けられていたが、軸が曲がってしまったのか、不気味に軋《きし》んで大きな音を立てていた。

博徒は宿に踏み込んだ。風に吹かれた枯れ枝が道の上を転がって行く。あまりの寒風で住人はみな家に閉じこもっているらしく、子供の声すら聞こえなかった。

博徒は二階建ての建物の前に立った。宿では一番に大きな建物であろうが、壁板も、窓の桟《さん》も、煤《すす》けたように黒い。屋根板も長いこと張り替えていない様子で、軒先の板が割れてささくれだっていた。

　こんなあばら家でも戸口には暖簾が掛かっている。軒下の行灯《あんどん》には、黄ばんだ油紙に墨で〝旅籠〟と書かれてあった。

「御免なすって」

　博徒は暖簾を払って土間に入った。四十歳ばかりの親爺《おやじ》が出てくる。怯《おび》えたような目で博徒を見あげた。

　博徒は笠を取ると、努めて穏やかな口調で訊ねた。

「江戸からお越しの、伝兵衛さんはお泊まりですかい」

　親爺はガクガクと震えながら頷いた。

「あ、あんたさんは……」

　博徒は名乗る。

「石田村の善四郎《ぜんしろう》。そう伝えてもらえりゃあわかりやす」

　歳の頃は三十代の半ば。引き締まった顔は若々しく見えるが、虚無感に沈んだ双眸は、ずいぶんと老成して見えた。

　親爺は帳場の奥の階段を上っていった。ずいぶんと傾いだ階段で、親爺が踏むたびに、ギュッ、ギュッと、妙な音を立てた。

すぐに親爺は戻ってきた。

「お会いなされるそうだべ……。お上がりくだせえ」

善四郎は草鞋《わらじ》を脱いだ。足を濯ぐ小女などという気の利いた者はいないらしい。土間には汚い水の溜《た》まった桶がある。善四郎は自分で足を洗って雑巾《ぞうきん》で拭った。その雑巾もまた凄まじい古物で、布の繊維が腐っているらしく、ヌルヌルとしていて、濯ぐ前より足が汚れた心地がした。

それでも善四郎は顔色を変えなかった。善四郎は博徒である。痩せ我慢が信条だ。それに、上州の寒村で育った者は、男も女も異常に辛抱強くなる。

板の間に上がって階段を踏んだ。やはり階段は大きく撓《たわ》んで、ギュッと不安な音を立てた。

一足ごとに音を立てながら階段を上る。二階には座敷が二つしかない。廊下もない。奥の座敷に向かうには、手前の座敷を横断する。

手前の座敷に客はいなかった。障子が開けられていたので、奥の座敷に陣取った江戸の博徒の姿が目に飛び込んできた。

「おう」

江戸の博徒の横には、顔見知りの博徒の姿があった。名を五郎八《ごろはち》という。

「良く来たな、石田村の兄弟。まぁ、入りなよ」

五郎八が手招きをする。口許は笑っているが、目だけはけっして笑わない。

「御免なすって」

善四郎は手刀を切って、座敷の敷居を踏み越えた。その手つきのまま中腰になって挨拶する。

「お江戸の伝兵衛さんにはお初にお目を汚しやす。手前は上州甘楽郡石田村の博徒、善四郎にございやす。以後、ご昵懇《じっこん》のほど、宜しくお頼み申しあげやす」

向こう傷ノ伝兵衛は鷹揚《おうよう》に受けた。

「江戸は浅草の元締、白狐ノ郷右衛門の身内で伝兵衛だ。人呼んで向こう傷ノ伝兵衛。ま、宜しく頼むぜ。堅苦しいことは抜きにして、座ってくんな」

「へい」と答えて善四郎が正座する。伝兵衛はその顔を頼もしげに見つめた。

「見事な刀傷だ。男っぷりがズンと増して見えるぜ」

善四郎の頬にも刀傷がある。善四郎は真面目な顔つきで答えた。

「親分さんの向こう傷には敵《かな》いやせん」

真っ当に生きる人々からは毛嫌いされる刀傷も、博徒にとっては自慢の種だ。少なくとも伝兵衛にとってはそうであった。

「お前さん、石田村の悪四郎っていう通り名だと聞いたが」

善四郎は陰気な顔で頷いた。

「世間様からは、そのように呼ばれておりやす」

「なるほど、本当の名は善四郎だが、悪四郎って呼ばれてるってことか。こいつぁ頼もしいや」

悪の世界では悪人ほど頼もしがられて、尊敬される。

それから伝兵衛はチラリと視線を五郎八に向けた。

「お前さんとは、どういう間柄なんだい」

五郎八は膝を崩して胡座《あぐら》をかきながら答えた。

「ま、兄弟分ってとこかな。オイラは下仁田《しもにた》ノ甚五郎《じんごろう》親分のところの飯を食ってる。コイツは甚五郎親分から子分の盃《さかずき》を頂戴したんだ」

善四郎が後を受けて続ける。

「あっしのところの縄張りは小せぇ。独り立ちできるほどの身代じゃねぇんで、下仁田の大親分の世話になっておりやす」

武士の世界に置き換えれば、徳川幕府と地方の大名のような関係だ。

伝兵衛は頷いた。

「なるほどな。俺と五郎八とはずいぶんと古い馴染みだ。俺も若《わけ》ぇ頃は、上州や野州を流し歩いたもんさ。その頃からの腐れ縁だな」

五郎八が苦笑いをする。

「お前《め》ぇにゃあ何度も煮え湯を飲まされたもんだ」

「人聞きの悪いことを抜かすな」

昔のことを思い出し、悪童のような顔で笑いあった二人だが、伝兵衛はすぐに真顔に戻った。善四郎に鋭い目を向ける。

「それで五郎八に一肌脱いでもらって、お前さんに繋《つな》ぎをつけてもらったってわけよ。呼び出しちまって悪かった」

善四郎は陰気な顔をちょっと傾げた。

「江戸の親分さんが、あっしのような田舎侠客に、いってぇなんの御用がおありなんでござんしょう」

「おう。それだ」

伝兵衛は探るような目で善四郎を凝視した。善四郎は視線を外しもせず、見つめ返してくる。なかなかに腹の据わった男のようだ。

伝兵衛は訊ねた。

「お前さん、石田村の名主と諍いを起こしていなさるね」

善四郎はまったく動揺した様子もない。陰鬱な顔つきで頷いた。

伝兵衛は重ねて質した。

「庄屋の仁右衛門が、江戸の御勘定奉行所に、公事の願を届けに行ったことは知ってるかい」

「左様でしたかい」

「公事の願を届ける時にゃあ、御勘定奉行所のしきたりをよく知っている者《モン》に願書を書いてもらわなくちゃならねぇ。なにしろお役所仕事ってヤツは面倒臭《くせ》ぇ。その手伝いをしてくれるのが公事師だ。公事宿だ」

「へい」

わかっているのか、いないのか、善四郎は気のない返事をした。伝兵衛は駄目押しとばかりに続けた。

「名主の仁右衛門が頼った相手を誰だと思う。卍屋の三代目甲太夫だぜ」

善四郎の眉間《みけん》がピクンと震えた。

無口な善四郎の代わりに五郎八が、

「ええぇっ！」

と、大声をあげた。

「渡良瀬《わたらせ》の悪船頭の貫吉《かんきち》や、水戸街道ノ寅五郎《とらごろう》を凹《へこ》ましちまったっていう、あの、三代目甲太夫ですかい！」

さすがに博徒で耳が早い。

渡良瀬ノ貫吉や水戸街道ノ寅五郎は、それぞれ舟運《しゅううん》と陸運を牛耳ってきた大物で、公儀の役人の手にも余る大悪党であった。川奉行や道中奉行とも裏で手を握りあっていると噂されたほどであったのだが、その大悪党たちを三代目甲太夫は、代替わりと同時に退治してしまったのだ。

「そんな野郎が仁右衛門の味方についたってのかい」

五郎八が慌てた。

「そうだ」

「やいッ悪四郎！　こりゃあ一大事だぞ。下手《へた》すりゃあ手前ぇまで同じ目に遭わされちまう！」

善四郎は何も答えなかったが、顔から血の気《け》が引いたように見えた。

伝兵衛は内心で嘲笑《あざわら》いながら、顔つきだけは深刻そうに続けた。

「ここで顔を合わせたのも、三代目甲太夫の目に留まらねぇように、っていう用心だ」

「なるほど、それであっしを、こんな片田舎に呼びつけたんですかい」

善四郎は低い声音でそう言って、

「お心遣い、かたじけねぇ」

と、頭を下げた。

「それよか悪四郎、どうする気だ。いっそのこと、草鞋を履いちまったほうがいいんじゃねぇのか」

五郎八は目を剝いて慌てている。善四郎は憂鬱《ゆううつ》そうな顔で訊ね返した。

「他国に高飛びしろって言うのかい。石田村の宿を置き捨てにして」

「何十人もの川船頭を従えた渡良瀬ノ貫吉でも敵わなかった公事師だぜ！　お前ぇみてぇな田舎侠客に、どうこうできる相手じゃねぇ！」

伝兵衛は、田舎侠客二人をたっぷりと震え上がらせた後で、続けた。

「しかしまぁ、そうまで案じることもねぇやな」

「何がだい！」

五郎八が気色《けしき》ばんだ。

「他人事《ひとごと》だと思って、気休めを抜かすんじゃねぇ」

「待ちなよ。この俺が、気休めを言うために、はるばる上州まで旅してきたとでも思っているのか」

「なにか上策でもあるのかい」

伝兵衛は、したり顔でほくそ笑むと、胸を張って、その胸を拳《こぶし》で叩いた。

「あるぜ。この胸の内にな」

それから伝兵衛は腰から下げた莨入れを開けて煙管を取り出した。二人の視線を意識しながらゆったりと莨を詰め、莨盆を引き寄せると火をつけた。

「おいおい」

五郎八が膝でにじり寄ってくる。

「もったいつけてねぇで聞かせておくんなよ」

伝兵衛はニヤニヤと笑った。まるで悪戯《いたずら》盛りの悪童だ。腹の底からおかしさが湧いてくる。楽しくて仕方がない。

「それじゃあ聞かせてやろうかい。実はな、この伝兵衛親分は、卍屋甲太夫の三代目とは、ちっとばかり昵懇の仲なのさ」

「なんだって」

「おうよ」

「お前ぇ、三代目甲太夫の手下になったのかい！」

伝兵衛は「ブハッ」と噎《む》せた。

「ばっ、馬鹿抜かすんじゃねぇ！　その逆だ！　こっちが野郎に、ちっとどころじゃねぇ貸しがあるんだよ！」

「本当かい？」

五郎八が疑わしそうな目を向けてくる。

「そんな目で俺を見るんじゃねぇ！　嘘なんかついちゃいねぇ！　なんなら手前ぇたちを三代目甲太夫に引き合わせてやったっていいんだ！」

五郎八と善四郎は顔を見合わせた。それから五郎八は伝兵衛に向き直った。

「俺たちがどれだけ悪党でも、親分と兄弟分にだけは嘘はつかねぇ。それが博徒の仁義ってモンだ。やい、向こう傷ノ。信じていいんだな」

「おう、信じろ」

伝兵衛はあらためて胸を張った。しかしそれでも五郎八は訝《いぶか》しそうな顔のままだ。

「それで、お前ぇの言う〝上策〟ってのは、なんなんだい」

「さぁそれだ。名主の仁右衛門にゃあ、いま評判の三代目甲太夫がついちまった。どう考えてもこいつはまずい。公事に勝ち目はなさそうだ」

思わせぶりに二人の顔を見回した後で続ける。

「だからこの俺が口利きを買って出ようってわけだ。俺が三代目甲太夫と話をつけてやってもいい――ってことよ」

見得を切ったが、五郎八は、すぐには乗ってこない。

「だがよ、向こう傷ノ。公事師にだって公事師の仁義ってモンがあるだろうよ。仁右衛門の仕事を請けておきながら、敵方と裏で通じるってわけにもゆくめぇ」

「そりゃあ、もちろんそうだろう。だがこの俺は格別だ。なにしろ甲太夫にはでっけぇ貸しがあるんだからな」

鼻高々に言い放った後で、その貸しというのが、千五百両もの大金だということを思い出し、急に胸糞が悪くなってきた。

「どうしたい、向こう傷ノ」

「なんでもねぇ……。とにかくだ。そちらさんにその気があるのなら、三代目甲太夫に引き合わせるぜ」

善四郎に目を向ける。

「地獄の沙汰も金次第だ。俺の口利きに大枚を添えりゃあ、三代目甲太夫がお前ぇさんの都合の良いように、公事を運んでくれるはずだぜ」

五郎八も善四郎に目を向けた。

「どうする。この兄ィに口利きを頼んでみるかい」

善四郎は陰鬱な顔つきで考え込んでいる。

伝兵衛と五郎八は、善四郎が答えを出すのを辛抱強く待ち続けた。

四

お甲たち卍屋の一行は仁右衛門の屋敷に入った。

名主は村の富農から選ばれる。名主（見做し役人）だからといって役宅が用意されているわけではなく、普通の百姓屋敷に住み暮らしていた。

江戸時代には、塀の形式まで身分によって厳格に定められていた。名主は百姓身分なので屋敷を塀で囲むことは許されない。塀は城壁と同じとされていたので、百姓屋敷を塀で囲うと、百姓一揆の準備をしているのだと決めつけられる。

もちろん門も存在しない。富農がその身代に見合って巨大な門を構えるようになったのは明治以降の風習だ。百姓屋敷に門や塀があったとしたら、それはその家が元々は地侍で、名誉の家柄を領主に認められているとか、あるいは大名家から士籍を下賜《かし》されたなどの格別な理由があってのことだ。

庭では鶏が走り回っていた。馬小屋の馬は乗馬用ではなく農耕用だ。

建物には玄関がつけられている。この時代の玄関とは、出入り口に屋根と式台がついている物のことで、乗物（身分が高い人が使う駕籠《かご》）に乗った人物が、その乗物を横付けにして、雨に濡れず、足を汚さずに建物に出入りするために造られている。

名主は苗字と帯刀を許されているが、乗物の使用は許されない。乗物が使えない身分なのだから、本当は玄関など必要ないし、玄関を造れば身分不相応だとして叱られる。

ならばこの玄関はなんのためにあるのかというと、駕籠に乗って訪れる賓客のためにあるのだ。屋敷の主であるはずの仁右衛門本人は、使用することが許されない出入り口なのであった。

仁右衛門は台所に向かった。台所の大きな扉をこの地方の人々は、トボウグチ、あるいはトブグチなどと呼んでいた。戸場口の訛《なま》りであろうと推測されている。

台所は広い土間で、煮炊きの竈《かまど》が造られている。

建物の奥に向かって板敷きの〝上り端《はな》〟がある。百姓や町人の身分の者は、ここから屋敷に出入りする。

台所に面して接客のための座敷があった。かなりの田畑を持つ分限者《ぶげんしゃ》（資産家）

ならではの造りだ。

名主屋敷に仕える下女たちが桶を抱えてやってくる。お甲と卍屋の男たちは、長旅で汚れた足を濯いでもらった。ついで旅塵を被った被布や合羽も渡した。

お甲と菊蔵が座敷に入る。台所から板戸一枚を隔てた場所だ。百姓町人身分の客が通される場所であろう。辰之助たちは台所の上り端に腰を下ろした。

「まずはごゆるりと。茶など運ばせます」

仁右衛門自ら甲斐甲斐しく世話してくれる。

「お泊まりのために、寺の宿坊を借りました。お話が終わった後で、そちらに案内いたします」

この時代の寺は村の公館のような役割を果たしていた。村に大勢の来客があったときには寺に泊める。

「何から何まで、お世話になります」

お甲が会釈すると、仁右衛門は困ったような笑顔で首を横に振った。

「いえいえ。こちらの公事にお手伝いいただくのですから当然のこと」

暫《しば》しの間、茶など飲みつつ、歓談していると、表の庭から馬蹄の音が響いてきた。

何者かが馬で乗り込んできたらしい。

「ああ、代官所手《て》付《つけ》の淵上《ふちがみ》様がお見えになった」

仁右衛門が言う。菊蔵が、やや緊張した面持ちとなった。

「手付様ですかい」

手付は代官所の役人で、幕府の御家人（将軍にお目見え——挨拶すること——の許されない軽輩の武士）が就任する。ちなみに上司の代官は旗本（お目見えできる身分）で、家禄は二百～三百俵。手付は三十俵三人扶《ぶ》持《ち》の身分であった。三十俵が年俸で、一升と五合の米が日当として与えられる、という意味である。

手付の下には手代という者がいるが、これは現地で採用された現地の実力者で、身分は百姓や宿場の名主、浪人などが就任した。江戸初期には一代限りの奉公だったが、世襲化が進んでいる。

菊蔵はお甲に耳打ちした。

「御家人様じゃあ、なにかと煩いですぜ」

お甲は心得顔で頷いた。

「お前が名代を務めておくれ」

女人の社会進出に制限のあった時代だ。女人を目の敵《かたき》にする武士は多い。用心するに越したことはない。

庄屋屋敷の者が、お甲たちのいる座敷の板戸を開け放った。お甲たちは代官所手付を迎える形に座り直した。

手付の淵上が足音も荒々しくトボウグチから入ってくる。玄関を使用できるのは代官だけだ。仁右衛門だけが畳の座敷に正座し、お甲と菊蔵は畳から台所の板敷きに下りて平伏した。下代たちは土間に膝をついて拝跪《はいき》する。

「そのほうどもか。江戸の公事師は」

淵上が居丈高に声を放った。

菊蔵がよりいっそう頭を低くして答えた。

「馬喰町に店を構えまする公事宿、卍屋の下代頭、菊蔵にございまする」

「ふん、下代頭か」

大声が畳みかけてきた。

「主の甲太夫はどうした。昨今評判の三代目甲太夫じゃ。疾《と》く、面《ツラ》を見せィ！」

菊蔵は恐縮を装う。

「面目次第もございやせん。主の甲太夫は、只今よそ様の公事に掛かりきりでございやして、すぐにはこちら様に顔を出すことが叶《かな》いやせん。それで手前が、憚りながら、名代で参じやした」

淵上は不満そうに「フンッ」と鼻を鳴らした。そして命じた。

「一同、面《おもて》を上げィ」

まるで禄高二千石を誇る町奉行のような物言いである。扶持米三十俵の御家人など、江戸の町では借金と内職に追われて、町人たちから小馬鹿にされているような存在だ。貧乏御家人たちだって、自分自身の惨《みじ》めな暮らしを自覚しているはずである。それなのに、公領に赴任すればこれほどまでに威厳がつく。役職を笠に着て威張り散らしているうちに、それが元からの身分であったかのように勘違いしてしまうのだ。

お甲は顔を上げた。淵上の顔と容姿が目に入った。

歳は四十歳ぐらいであろうか。小さな身体の上に、丸い大きな頭がのっている。身体と頭部が不釣り合いで、出来の良くない人形のように見えた。

太い眉毛《まゆげ》をピクピクと上下させ、小さなどんぐり眼《まなこ》を見開いている。公事宿の者たちに精一杯の睨みを利かせているつもりのようだ。菊蔵が予想した通りに、気位が高くて気難しい性格のようであった。

淵上は目尻を吊り上げてお甲を凝視した。

「そこの女人は何者だ」

自分で答えても良かったのだが、女人に直答されると怒りだすかも知れない。お甲は菊蔵に任せることにした。

菊蔵は答えた。

「三代目甲太夫の内儀、お甲にございます」

「内儀だと！」

淵上が憤った様子で言った。同じ言葉をお甲も叫びたかった。

(三代目甲太夫の内儀！)

屈辱に目が回りそうである。

「なにゆえ公事師の妻がここにおる」

淵上に問われた。一瞬にして何もかもが投げやりな気分になってしまって、お甲は答えた。

「村の女房衆から話を聞き出すには、女人の口より語りかけたほうが好都合かと存じまして」

なにゆえ女人に話を訊《き》かねばならぬ。女人は男に従っておれば良い——などと怒りだすかと思っていたら、

「なるほど、左様か」

と、納得されてしまった。お甲のほうが呆気《あっけ》にとられて、一瞬、間抜け面をさらしてしまった。

「淵上様、どうぞお上がりくださいませ。用水池の扱いにつきまして、公事宿の方々にお含みおきいただかねばなりませぬ」

「左様じゃな。上がるぞ」

馬に乗ってきたので、淵上の足袋は汚れていない。履き替えることもなく上り端から踏み込んできた。

淵上を上座に据える。この名主屋敷には床ノ間を備えた立派な書院もあるのだが、そこに座ることができるのは、巡検で訪れた代官だけであるようだ。

仁右衛門は淵上の斜め下座に、襖を背にして座った。菊蔵が淵上の正面に正座し、

お甲は同じ座敷に座ることを遠慮して、上り端の板敷きで正座した。

淵上は菊蔵に目を向けた。

「当村の諍いのあらましは、すでに聞き及んでおろうな？」

菊蔵は「へい」と答えて低頭した。

「名主の仁右衛門さんより、伺っております。なんでも、宿の顔役の博徒が、用水池を我が物にしようとしている、とか」

「いかにもじゃ」

菊蔵はちょっと首を傾げた。

「しかしでございますな手付様。宿の顔役がどうして村方の用水池なんぞに関心を示すんでございましょうか？　それにでございます。悪四郎は博徒。お役人様が一喝なされば宜しいのではございやせんか」

「悪四郎？」

淵上は太い眉毛を顰《ひそ》めた。

「かの者の名は善四郎であるぞ」

「へっ？」

急いで仁右衛門が口を挟んだ。

「善四郎などという柄ではございませぬ。悪四郎と呼ぶのが相応《ふさわ》しいと村方の者は申しております」

いずれにしても、善四郎が本名で、悪四郎が通り名だということは理解できた。

淵上が菊蔵の質問に答える。

「かの者を叱りつけるのは簡単じゃ。なんなら縄目にかけても良い。しかしそれでは、村方の、一部の百姓が納得せぬのだ」

「そりゃあまた、どういう次第で?」

「善四郎めに誑かされておるのだ。善四郎は博打《ばくち》で稼いだ金で、百姓どもを懐柔しておる。用水池を浚《さら》う、などと虚言を弄してな」

「用水池を浚う?」

「手前から説明いたしましょう」

仁右衛門が代わって語り始めた。

「用水池の底には、日々、泥や芥《あくた》が溜まりまする。しかもこの上州は、山焼けの灰が降りますからな。用水池はすぐに底が浅くなってしまう、というわけでして」

山焼けとは火山の噴火のことだ。天明三年（一七八三）の浅間山大噴火の降灰と土石流は上野国の中心部に甚大な被害を与えた。

「用水池の底を浚うのは難事でございます。有体に申せば、金がかかる、というわけで」

菊蔵は首を傾げた。

「その金は、お上がご用立てしてくださるんじゃねぇんですかい」

用水池がなければ水田に水を引くことができない。米が取れなければ年貢が減る。困るのは幕府だ。用水池や水路を保守する予算は、勘定奉行所に計上されているはずだった。

するとすかさず淵上が、不機嫌そうに吐き捨てた。

「その用はない、と申したのだ」

菊蔵はまたも首を傾げた。

「用はない？　池の底を浚う必要はねぇとのお考えなので？」

「そうじゃ」

「しかし田圃《たんぼ》はどうなりやす？　まさか米が取れなくても良いと仰るわけじゃあね

えんでしょう」

「米は取れなくとも良い」

「ええっ？」

菊蔵は混乱しきった顔をした。上り端で聞いているお甲も、俄《にわ》かに混乱し始めている。

「解《げ》せぬか。代官所が何を考えておるのかがわからぬ、という顔をしておるな」

「へい。まったく解せませせぬ」

「つまりだ。この村では米が取れずとも良い。米は余所《よそ》で取れたものを買えば良い、ということだ。その代わりにこの村では桑を作る。桑の葉を餌《えさ》として蚕《かいこ》を育てる。絹織物で金を稼いで、年貢も絹と銭で納めよ、と申しておるのじゃ」

「米を作るのをやめて、蚕を育てるんでございますか。あっしには、ずいぶんと箆《べら》棒《ぼう》な話のように聞こえやすぜ」

「そうせねばならないわけがあるのです」

今度は仁右衛門が答えた。

「灰が降ると、田圃で稲が育たなくなるのです」

　土壌が酸性になってしまうからである。

「育たぬ稲を育てていても致し方もございませぬ。それよりは、桑を育てて、蚕から絹糸を取った方が利口なのです」

「なるほど、だから用水池の底浚いも必要がねぇ、と」

「用水池も埋め立てて、桑畑にしようと考えておるのです」

「思い切ったことをしやすな」

「蚕をたくさん育てて、たくさん絹糸を取らねば、村人に食べさせるのに十分な米が買えませせぬからね」

「なるほど。……しかしですな」

　菊蔵は顋など撫でながら思案した。

「お百姓衆の性分からしたら、先祖代々ありがたく使ってきた用水池を埋めるってのは、面白くねぇ話なんじゃございませんかえ？」

　仁右衛門が大きくため息をもらした。

「ご賢察の通りですよ菊蔵さん。だから困っているのです」

「と、仰ると？」

「田圃を潰して桑を作るなど真っ平御免だ、と、言い張る百姓が、少なからずいるのですよ」

「ああ、やっぱりね」

淵上が咳払いをした。

「米作りを諦《あきら》めぬ百姓どもは、我ら代官所の役人に向かって、用水池の底浚いをするように、執拗《しつよう》に嘆願して参った。間もなく用水路の取水口まで灰に埋まると申してな」

「用水路に水が流れなくなったら、米は作れやせんね」

「村方の意見はまっぷたつの有り様なんですよ」

仁右衛門が気弱な口調で言った。

なるほど、と、お甲は思った。仁右衛門が見せる気弱さと自虐には、このような理由があったのか。村の名主でありながら、村を二分する異常事態を招いている。責任感の強い者なら尚更悩ましい問題であろう。

「そこに付け入ってきたのが善四郎だ」

淵上が言った。

「我らが金を出さねば、用水池の底浚いはできぬ。田植えができねば、強情な百姓どもも桑を作るしかなくなる。そのように目算しておったのに、善四郎めが博打で稼いだ金を吐き出して、自弁で底浚いをする、などと言い出したのじゃ」

（たいへんな義挙じゃないか）

と、お甲は思ったのだが、公事で味方する仁右衛門はそう思っていないのだから口にも表情にも出すことはできない。それに淵上の意志は代官所の、ひいては勘定奉行所の意志でもあろう。公事宿は勘定奉行所の支配下にある。勘定奉行所の決定に異を唱えることはできなかった。

「我ら代官所の頭越しに底浚いをしようなどと……、公儀を愚弄し、蔑《ないがし》ろにいたしておるに等しい！　たかが博徒の分際で、思い上がりも甚《はなは》だしい！」

「それなら、お縄に掛けちまえばよろしいんじゃ？」

「縄を掛けるのはたやすい。しかしそれでは、善四郎めの底浚いに心を寄せておる百姓どもが、代官所を憎むことになろう。百姓に憎まれては、今後の仕事が何かとやりにくい。万が一にも一揆など起こされたら、お代官の進退に関わる」

お甲は、これは思った以上に難しい公事だと感じた。

（御勘定奉行所と御代官所のご面目を保ちつつ、善四郎に手を引かせ、米作りにこだわるお百姓衆を納得させねばならないわけか……）

単純に相手の言い分を引っ込めさせれば良いという話ではない。

（百姓衆の扱いがなにより難しい）

彼らは変化を嫌う。先祖代々の田畑には先祖の魂を、用水池には竜神様などの存在を感じ取っているはずだ。田や用水池を潰すことは、先祖殺し、神殺しに等しい悪行なのだ。

そのとき突然、淵上が声を掛けてきた。

「甲太夫の内儀」

「はっ」

お甲は咄嗟に平伏した。頭の上から淵上の声が降ってくる。

「百姓どもは強情だが、その女房や娘は、そうではあるまい。絹が売れれば銭になる。より豊かな暮らしができる。贅沢《ぜいたく》を好まぬ女人はおらぬ。そのほうの口から養蚕の利を伝え、女房や娘たちの心を惹くのだ。妻子にきつく迫られれば、男など、なんということもなく落ちるものよ」

（なるほど、良く考えましたね）と思ったのだが、女房や娘に抵抗できない男というのはご自分のことなのでは？　などとお甲は勘繰ったりもした。

仁右衛門もお甲に向かって言う。

「養蚕は女人の仕事です。いずれにしても女人を味方につけねばなりません。手前からもお頼み申しますよ、お甲さん」

どこへ行っても「女の分際で公事師など」と悪し様に罵られるのに、今回ばかりは好意的に迎えられたのには、こういう理由があったのか、とお甲は理解した。

女人が手に職をつけて、村ごと豊かに暮らせるのなら、なにも言うことはない。この村の女人たちにとってはなによりのことだ。公事師としても働き甲斐がある仕事である。

「万事心得ました。手前にお任せくださいますよう」

淵上と仁右衛門に向かって、力強く答えたのであった。

第三章　蚕問答

一

　一面の枯れ野の中に榊原主水は腰を下ろしていた。

「何を見ておるのだ、いかさま師」

　遥か彼方に赤城山《あかぎ》が見える。いかさま師は、赤城颪《おろし》の空っ風に吹かれながら立ち、熱心に何かに目を向けていた。

「あのお人は、何をなさっているのでしょうねぇ」

　ニヤニヤと薄笑いを浮かべながら、気合の抜けきった声でそう言った。

「どこの誰だ」

　榊原主水は腰を上げた。

「ああ、お立ちにならないように。あなたのお身体は大きすぎて、よく目立ちますからねぇ」

（大きすぎて悪かったな）と思いながら腰をかがめて、枯れた芒《すすき》の隙間から目だけを覗かせた。

「ふむ……。あんな所に、たった一人でおるな」

野原の真ん中にこんもりと盛り上がった所がある。頂きには木が一本だけ生えていた。落葉し、枝だけを天に伸ばしている。

塚に身を隠すようにしてしゃがんだ人影が見える。

「道の脇の塚でしょうね。あの塚の近くに、あたしたちは知らないけれども、小道が通っているのでしょう」

「するとあの者は、道を通る誰かを待ち伏せしておる、ということか」

「あれは……、若い娘様ですねぇ」

「そんなに詳しく見えるのか」

榊原主水は四十の半ばを過ぎて、少しばかり視力の衰えを感じている。それに比べればいかさま師はまだ若い。

いかさま師はしれっと答えた。

「いいえ、匂ったのですよ。若い娘様の肌の匂いですよ、これは」

「嘘をつけ」

どうしていちいちつまらぬことまで嘘をつかずにいられないのであろう、と、榊原は不思議に思った。

「若い娘様が一人で何をなさっておいでなのでしょう。逢引《あいび》きか……。逢引きならば、結構な話でございますがねぇ」

いかさま師はフラリと立ち上がった。

「行ってみましょう」

「行ってどうする気だ」

榊原は少し考えて、「むむっ」と唸《うな》った。

「かどわかすつもりではあるまいな」

この男は騙り屋だ。娘を騙して人買いに売り渡すぐらいのことはやりかねないと、榊原は思っている。

「まぁ、それも考えの内に入れておきましょう」

悪びれた様子もなくそう言うと、いかさま師は枯れ芒をかき分けながら歩み出した。

「仕方がないな」

いかさま師とはぐれたら仕事にありつけない。榊原はいかさま師の後を追う。

一町（約百九メートル）ほど進むと、榊原の目にも人の姿がはっきりと見て取ることができるようになった。

「なるほど、若い娘だ」

歳の頃は十六、七ぐらいであろうか。丸髷に髪を結い上げている。

「他国から旅をしてきたようだな」

雨も降っていないのに蓑《みの》を背負っている。豊かな町人は、被布や合羽などの外套を着て旅をする。女人は浴衣《ゆかた》を塵除《ちりよ》けに着ることもある。貧しい旅人の外套はもっぱら蓑で、防寒や風除けに使っていた。

「ここで様子を見ましょう。あまり近づくと気づかれますから」

いかさま師は枯れ芒の中に身をひそめた。榊原も同意して、腰をかがめた。

「なにやら思い詰めた様子だな」

塚の陰から向こう側の道ばかりに目を向けている。背後からいかさま師と榊原が忍び寄ってきたことにはまったく気づいていない。

「ご浪人様、ご覧なさい。あの娘さん、長脇差を抱えています」

言われて榊原も気づいた。娘は両手で刀を握っている。

「あの長脇差で何をなさるおつもりでしょうね」

「思い詰めた様子から察するに、人を斬ろうといたしておるようだな。すると、敵《かたき》討《う》ちか」

「それはまた恐ろしい」

「しかし、いかんぞ。こんな所で敵を討っても、敵討ちとは認められはせぬ。敵討ちには立会人が必要なのだ」

「どうしましょうねぇ……と、言ってるそばから、敵のご到来のようですよ」

榊原は「むむ」と唸った。枯れ野の中を延びる道を、馬に跨《また》がった武士と、そのお供らしい二人の下男がやってきたのだ。

「敵は馬に乗る身分か。いずこの者であろう。旅装ではないな。旅の者ではあるまい」

「すると、この近在のご領主様」

「このあたりに大名はおらぬ。旗本の領地はあるが、旗本は皆、江戸で住み暮らしておる」

旗本も御家人も、江戸での役目があるので、自分の領地には赴任しない。彼らの代わりに村を支配しているのが勘定奉行所だ。いかさま師も公事師に成りすますぐらいであるから、そのぐらいのことは知っていた。

「するとあのお侍様は、御勘定奉行所のお役人ということになるのですね」

「代官所の者であろうな」

「いけませんねぇ」

いかさま師が腰を上げた。

「どうする気だ」

「あたしは卍屋甲太夫の三代目ですよ。御勘定奉行所のお指図で働いている身です。御勘定奉行所のお役人様の難儀は見逃せませんねぇ」

そう言うと、さっさと歩きだした。

「どこまで本気だ」

苦々しげに榊原も歩を進める。

いかさま師は身を低くさせて進んでいく。意外にも足が速い。

空っ風が枯れ芒を激しく揺らして、二人の足音を消した。娘はまったく気づかない。

馬の嘶《いなな》きと馬蹄の響きが近づいてきた。娘は長脇差の鞘を払った。

「これはいよいよ刃傷沙汰《にんじょうざた》だ。お止めしなくては」

「わしに任せろ」

榊原が前に出る。芒をかき分けながら突進した。

馬に跨がった武士が塚の前に差しかかる。娘は意を決した顔つきで、飛び出そうとした。

その娘に背後から、榊原が躍りかかった。

「タァッ！」

気合とともに、手刀を娘の首の後ろに叩き込む。娘の身体がグラッと揺れた。そして前のめりに倒れた。

馬が異変に気づいて激しく嘶く。前足を蹴り上げて棹立《さおだ》ちになった。馬上の武士が悲鳴を上げて鞍《くら》の前輪にしがみついた。下男が急いで轡《くつわ》に取りついた。

「ドウッ、ドウドウ！」

馬が落ち着くと、武士は急いで鞍から下りた。乗馬に慣れていないのだろう。

「そこにおるのは何奴だ！」

馬を驚かせたのは塚の裏にひそんだ人物だ、ということには気づいていたらしい。

武士と下男二人で塚に向かって身構えた時、塚の陰から一人の男がヒョッコリと顔を出した。

「お馬を驚かせてしまったようで、大変に申し訳ございませぬ」

男はツルリとした白面に蕩けるような笑みを浮かべている。下男の一人はこの時の印象を「ゆで玉子に目鼻を描いたような」と、後に朋輩に語ったという。

「何者だ！　そこで何をいたしておった！」

武士は立腹も凄まじく、怒鳴りつけた。

男は薄笑いを浮かべたまま、低頭して答えた。

「手前は、お江戸日本橋の呉服商い、伊勢屋忠兵衛《いせやちゅうべえ》と申します」

いきなり堂々と嘘をつき始める。澱《よど》みなく嘘をつかれたので、武士は信じてしまったようだ。

「江戸の呉服屋の主か。そのような者が、ここで何をいたしておった」

「上州は絹の産地でございますから、手前は絹農家の皆様のご機嫌を伺うべく参じました。ところが旅の途中で手前の妻が持病の癪に苦しみ始めてしまいまして」

癪とは胆石のことだが、広義の意味では持病の発作全般をさしている。

「お侍様のお馬を驚かせたのは、妻のうめき声でございましょう」

いかさま師は肩ごしに背後を見た。榊原が問題の娘を背負って出てきた。娘の蓑は脱がしてあった。

娘は榊原の背中に顔を伏せてぐったりとしている。

「妻のトヨと、手前の店で用心棒をなさっておられるご浪人様でございます」

「三人旅か。日本橋の呉服屋が、供も連れておらぬとは訝しい」

「手代の二人は、近くの宿場まで車を借りに走らせました。トヨは歩くことすら難しい様子でしたので」

すかさずシレッと嘘を重ねる。そして懐の財布をまさぐって、四分金を摘《つま》み出すと、懐紙に包んで下男の手に握らせた。もちろん下男にくれてやったわけではない。武士の手に握らせるのを遠慮したのだ。

ここで「道中手形を見せろ」などと言われると面倒なことになる。袖の下はすかさず渡さなければならない。

「お馬を驚かせてしまったお詫び代にございます。なにとぞお納めくださいませ」

下男は賂《まいない》を武士に渡した。

役人はいちいち煩《うるさ》くとがめてくるが、賂さえ差し出せば、たいてい黙らせることができる。この武士も「うむ」と頷き、賂を無造作に袂に入れた。

「長旅が身に応えたのであろう。よく養生させるがよい」

そう言うと下男の一人に馬を引かせて、馬上の人になった。

いかさま師と榊原が深々と低頭する。武士は目もくれずに去って行った。

いかさま師はヘラヘラと笑った。

「上手《うま》い具合にごまかすことができましたねぇ。いやぁ、肝が冷えました」

「どこがだ」

肝が冷えた顔にはまったく見えない。

「それよりもこの娘、どうするつもりだ」

「さぁて、どうしましょうねぇ」

「赤城颪の冷たい風が吹いておる。気を失った娘を転がしておいたら、身体が冷えきって死んでしまうぞ」

「おや、お優しい」

「わしが気を失わせたのだ。見殺しにはできぬ」

榊原は娘を背負い直した。いかさま師は笑ってそれを見ていたが、何を思ったのか、塚の陰に踏み込んだ。

「これこれ。大事なお刀」

娘の長脇差を拾い上げて鞘に納める。

「お父上の形見の品かも知れませんからね。持って行きましょう。それに、売り飛ばせば、何がしかの金になるかも知れませんから」

榊原を見て、ニンマリと笑った。

「その娘さんごと売り払えば、暫《しばら》くの間は遊んで暮らせますよ」

どこまでが本気かわからない。

「おう、そうだ」

榊原は顔を上げた。

「そろそろ伝兵衛が迎えに来る頃だな」

伝兵衛と待ち合わせるために、寒空の下で立っていたのである。

いかさま師は薄笑いのまま頷いた。

「早く娘さんをどこかにお連れなさい。伝兵衛親分に見つかったら、本当に売り飛ばされちまいますからね」

「なんだ。娘を売る気などなかったのではないか」

榊原は裏街道で身を持ち崩した浪人だけれども、武士の矜持《きょうじ》と倫理観を捨て去ることはできないでいる。娘を売り飛ばすなど以《もっ》ての外《ほか》だ。いかさま師は榊原の性格を知ったうえでからかったのだろう。

榊原は（こいつはこういう男なのだ）と思い、娘を背負って歩きだした。


日がだいぶ傾いた頃、伝兵衛が枯れ野の中を戻ってきた。

「おい、浪人はどうした」

いかさま師は素知らぬ顔つきで迎えた。

「お知り合いの所へ挨拶に行かれましたよ。ところで親分、そのお顔から察するに、話は首尾よく運んだみたいですねぇ」

「おう。話をつけてきたぜ。石田の宿の悪四郎は、お前ぇと手を組みてぇと言ってる」

「もちろん、それなりの銭を用意してくれるんでしょうね」

「悪四郎の後ろ楯《だて》は下仁田の大親分だ。街道を仕切って美味《うま》い汁を吸っていなさる。銭の払いは心配《しんぺ》ぇいらねぇ」

　中山道の本庄宿から西に向かって下仁田道が延びている。中山道の脇往還で、信州の諏訪《すわ》へ抜ける近道だ。下仁田宿は下仁田道の中心として栄えた宿場で、縄張りを張る顔役の懐も相応に豊かであった。

「という話だからな。銭の払いは心配ぇいらねぇのよ」

　この話をいかさま師に持ち込んだのは伝兵衛だ。そこまで調べ上げたうえで、詐欺を働くように勧めてきたのに違いない。

「なるほど、さすがは向こう傷ノ伝兵衛親分。銭の臭《にお》いには鼻が利く」

「褒めるなよ」

「褒めてませんよ」

「ん？　なんか言ったか？」

「いいえ、なにも。それじゃあ早速、その悪四郎さんにご挨拶させていただきましょうか」

「おう、そうしろ。手前ぇのこった。抜かりはあるめぇが、せいぜい公事師らしく振る舞うんだぜ」

伝兵衛は踵を返して走り出す。いかさま師も後に続いた。

二

日が暮れると農村は闇に包まれる。石田村の真ん中を延びる道には常夜灯もない。この時代、夜間照明はもっぱら行灯の明かりだが、菜種油は高価で、村人には購えない。菜の花を育てている農家もあるが、売って金に換えてしまう。江戸の町の貧困層には、値の安い魚油が普及しつつあったが、上州の寒村にまで、魚油を運んで来て売る商人はいなかった。

頼りになるのは月明かりだけだ。だが月の出ている夜ばかりではない。

その日も夜は月もなく、空は暗雲に閉ざされていた。

石田村の一軒の百姓屋敷に一人の百姓が血相を変えて走り込んできた。歳は三十前だが、見た目はずいぶんと老けている。手には火のついた薪を握っていた。自分の家の囲炉裏《いろり》にくべてあった物を、松明《たいまつ》の代わりに引っこ抜いてきたのである。

百姓屋敷には大勢の百姓たちが集まっていた。囲炉裏にはそれぞれが持ち寄った薪が積まれて、大きな炎を上げていた。

奥に陣取っていた男が顔を上げた。三十歳ばかりの、百姓にしては厳《いか》めしい顔をした男だ。

「弥助《やすけ》どん、薪は竈に突っ込んでくれんか。これ以上囲炉裏にくべると、オラの家の天井が焼けちまうからな」

弥助と呼ばれた百姓は、言われた通りに、台所の竈口に薪を放り込んだ。そして板敷きの広間に這《は》い上がった。

「名主屋敷に、お江戸の公事宿の連中《れんじゅう》が入《へえ》ったぞ。多吉《たきち》さん、どうするだよ」

奥に陣取った百姓は名を多吉という。囲炉裏の炎に下から照らしだされた顔つきが険しかった。

「その話はもう知ってる。だからこうしてみんなで集まってる」

「どうするだよ。名主の仁右衛門様には、手付の淵上様がついていなさる。そのうえ江戸の公事師ってのまで敵方につかれちまったんじゃあ、旗色悪いべ」

「敵方なんて言うもんじゃねぇ」

多吉が即座に窘《たしな》めた。

「オラたちは名主様や御代官所と喧嘩をしているわけじゃねぇ。最初にそう言ったはずだ。オラは乙名《おとな》だから、こうして担ぎ上げられたけれども、これが一揆だっていうのなら、下ろさせてもらうでの」

百姓は五軒で一つの組（五人組）を作り、その組を乙名が束ねている。

「事を荒立てるのは、良くねぇ」

多吉は渋面で首を横に振った。

別の百姓が口を挟んできた。

「だども多吉どん」

「オラたちが大人しくしている間にも、名主様は手を打っておられるでの。このまんまじゃあ大事な溜池を埋められちまうだよ」

「溜池を埋められちまったら、もう、米は作れねぇ！」

別の百姓が哀切な声を張り上げた。涙混じりに訴える。

「親父《おやじ》や祖父《じい》様から受け継いだ田圃を、オラの代で桑畑に換えるなんて、そんな罰《ばち》当たりは許されねぇ！」

「そうだそうだ」と百姓たちが異口同音に叫んだ。

「こうなったら、一揆だってやってやる！」

若い巨漢の百姓が、立ち上がりながら叫んだ。

「待て！」

多吉は慌てて叫んだ。

「滅多な物言いはするんじゃねぇ！」

「だども――」

「仁右衛門様は公事に訴えると言ってきただ。これをなんと考えるだよ？　仁右衛門様は頭ごなしにオラたちに命じて、池を潰すおつもりはねぇと見たぞ。池を潰すか潰さねぇか、お上に決めてもらおうってぇお考えだ。お上は仁右衛門様の物言いと、オラたちの物言いと、どっちが正しいか、それを吟味なさってくれるはずだでの。今、オラたちが乱暴なふるまいをしちまったら、お上はお怒りになって、仁右衛門様の物言いを〝良し〟となされるに違ぇねぇんだ」

多吉の雄弁に、百姓たちは振り上げた拳を下ろした。巨漢の若者も、きまり悪そうに座り直した。

「ンだ。多吉どんの言うこたぁ、もっともだ」

白髪頭の百姓が言い、皆は「うん」と頷いた。空気が陰鬱に沈み込む。

「久左衛門様さえ、いてくだされば……」

百姓の一人が土間の隅の方で呟いた。誰が呟いたのか、暗くて良くわからなかったが、その言葉は皆の耳に届き、皆の胸を打った。

白髪の百姓が頷いて、しみじみと語りだした。

「久左衛門様なら、百姓の悪いようにはなさらなかったはずだべ。あのお人は、いつも、村のことを第一に考えてくださっていただよ……」

「んだ。生き仏様のようなお人だったべな」

別の百姓が言い、皆で「んだんだ」と同意した。

「それに引き換え仁右衛門様は鬼だ！　同じ母親の腹から生まれたご兄弟だとは思

えねぇ！」

先ほど「一揆だ」と叫んだ巨漢の若い者が、再び叫んで立ち上がった。

「滅多なことは言うもんじゃねぇ」

すかさず多吉に窘《なだ》められる。周りの百姓にも宥められ、巨漢の若者は渋々ながら座り直した。

だが、巨漢の若者の叫びは、皆の思いを代弁していたのだ。百姓たちは皆で俯《うつむ》いて黙り込んでしまった。

多吉は、一同を見回して、重たい空気を払拭《ふっしょく》しようとするかのように語りだした。

「名主の久左衛門様がいなくても、気を落とすことはねぇ。宿の善四郎親分が力を貸すと言ってくれただ。善四郎親分に任せとけば大事にはなるめぇ」

「だども多吉どん」

白髪頭の百姓が首を傾げながら言う。

「仁右衛門様が公事師を雇ったのなら、オラたちも公事師を雇わなくちゃならねぇんじゃねぇのか。そんな銭はどこにある」

「それも、善四郎親分が、きっとなんとかしてくれる」

多吉はそう言ったが、白髪頭の百姓は、納得した様子を見せない。

しかし、ここで異議を唱えても、誰も何もすることができないのだ。異議を唱えたら「それならお前には別の良案があるのか」と言われてしまう。良案などはどこにもないわけだから、黙り込むしかない。

「ンだ。善四郎親分なら、きっとなんとかしてくれるだ」

気休めに似た物言いをして、俯くしかなかったのである。

多吉は、皆の不服を感じ取ってはいたのであろう。

「善四郎親分は、オラたち百姓の窮状を見るに見かねて、私財をなげうって池浚いをすると言ってくれただ。そのせいで手付の淵上様のご不興を買っちまったけんど、きっとオラたちに力を貸してくれるに違ぇねぇ」

皆は、コックリと頷いた。

貨幣経済は上州の片田舎にまで浸透した。今は金が物言う世の中だ。貧しい百姓が雁首《がんくび》を揃えたところで、金がなければ何もできない。

「ンだ。組頭の多吉どんと、善四郎親分に任せるしかねぇ」

白髪頭の百姓がそう呟いて、皆で、仕方なさそうに、頷いたのであった。

三

弥助は竈口に突っ込んであった薪を拾うと、多吉の家のトボウグチを出た。

「結局オラたちは、何もできねぇのかよ」

金がないからどうにもならない。それが悔しくて仕方がない。

「そんなことなら米作りなんかやめて、蚕虫《かいこむし》でも育てたほうがマシかもわからねぇ」

皮肉にもそう思った。

江戸からは頻繁に呉服屋がやってきて、養蚕がいかに儲かるか、という話をしていく。弥助の妻はすっかり誑かされてしまって、養蚕と、その結果として得られるはずの金銭に心を惹かれている様子であった。

弥助は、

「馬鹿なことを言うんじゃねぇ。先祖代々の田畑《でんぱた》を潰せるものか」

と叱り飛ばすのだが、こうなってくると、銭の力を思い知らされずにはいられない。

（米なんか、どんだけ作っても、年貢で取られちまうだけだ）

養蚕が現金収入になるのであれば、それが一番良いことではないのか、と、思わないでもなかった。

「な……、何を考えとるだ、オラは」

弥助は慌てて首を横に振った。

「田圃はご先祖様が苦労して拓《ひら》いてくれたものだべ。オラの一代で潰しちまったら地獄に堕《お》ちるだ」

田畑は末代までの家宝だ。おのれ一代の富貴と引き換えに潰すことなど許されない。

「なんにしても面倒な話になったべな」

薪を手にして家路をたどっていた、その時、

「おおい、弥助どん」

闇の中を走り寄ってきた者がいた。弥助は少なからず驚いて、薪の炎を向けた。

炎に照らし出されたのは、多吉の屋敷で「一揆でもやってやる」と息巻いていた

男の顔であった。

「ああ、太郎吉《たろきち》か」

弥助は太郎吉を見上げた。太郎吉のほうが五歳ほど若いが、背丈は一尺近く高い。神社での奉納相撲では負け知らずの田舎大関だ。そのうえこの若さで本百姓の家長でもある。祖父と父とが早くに亡くなってしまったのだ。太郎吉の働きに祖母と母と嫁の暮らしがかかっていたのだが、そんなことは苦役とも思わず、毎日力強く田畑を耕していた。

「いっしょに帰《け》ぇるべえ。オラは灯《ひ》を持ってきてねぇから」

太郎吉が馴《な》れ馴れしく身を寄せてきた。無下に断る理由もないので、弥助は薪を太郎吉の足元に向けてやった。二人で肩を並べて歩きだす。

「お前ぇ、杣人の山小屋に通っとるそうだな」

弥助は太郎吉に訊ねた。太郎吉は「ンだ」と答えた。

体力が自慢の太郎吉は杣人の手伝いをしている。冬場の農閑期には、百姓はこれといった仕事もないので、副業に従事する者も多かったのだ。

「杣人の連中、銭の払いはいいのか」

一番聞きたいことを訊ねると、太郎吉は、

「まああだな。女房に古着を買ってやるぐれぇのことはできるべ」

と、答えた。

弥助は少し考えてから言った。

「オラも杣人の手伝いをやってみるべかな」

すると太郎吉は無遠慮に笑った。

「弥助どんの力じゃあ無理だべ。重たい丸木を取り落として、怪我してもつまらねぇから、やめとけ」

弥助は痩せて非力な男だ。

弥助は立腹した。その気配を察したのか、太郎吉が急いで言った。

「弥助どんのところは土が良いから、百姓で一家を養えるべよ。オラんところのは赤ノッペイだから、杣でもしねぇとどうしようもねぇんだ」

赤ノッペイとは火山灰が混じった土のことだ。黒土の田畑と比較すると、収穫量は半分近くに落ちる。

「オラん所だって、そんなに立派な土じゃねぇ。それなのに、名主様に池ンボを埋めちれちまったら、ますますどうにもなりゃしねぇ」

「オラんところはもっとだ」

太郎吉の顔は見えないけれども、声が暗く沈んでいる。

「杣の仕事だけじゃあ、暮らしは成り立たねぇ」

そう言えば、と弥助は思った。

「お前ぇんとこの嫁は、赤子を孕《はら》んでいるんだったな」

「ンだ」

太郎吉の声が急に弾《はず》んだ。

「産婆の婆様の話だと、あと四月で産み月だそうだべ」

慶事ではあるが、それを聞いた弥助は渋い顔をした。

「なら、なおさら気をつけなくちゃいけねぇじゃねぇか。一揆だ、などと口にして、お前ぇが磔《はりつけ》になったりしたら、女房子供はどうなる」

すると太郎吉は、露骨に舌打ちした。

「なんだよ、説教かよ」

太郎吉の声音が険悪になる。喧嘩や相撲では負け知らずだから、やたらと気が短い。

「お、お前ぇのために、言ってるんじゃねぇか」

窘めているはずの弥助の声が、言い訳がましい響きになった。

「弥助どん」

太郎吉が足を止め、グイッと前に踏み出してきた。

「な、なんだべ……」

気圧《けお》された弥助が後ろに下がる。

「弥助どん、お前ぇさんは、池を埋められちまってもいいのか」

「いや、それは……」

タジタジとなりながら答える。

「いいわけがねぇ。だからこうして、乙名の多吉さんの屋敷に集まったんじゃねぇか」

「その多吉さんが、てんでだらしがねぇとは思わねぇか」

「何を言い出すだよ」

太郎吉は眉を逆立て、クワッと乱杙歯《らんぐいば》を剥いた。

「喧嘩の相手は江戸の公事宿だぞ」

喧嘩じゃねぇ、公事だ――と言いたかったのだが、目を怒らせる太郎吉が恐ろしくて、正すこともできない。

太郎吉は鼻息も荒く喋り続ける。

「名主の仁右衛門様が、これと見込んで頼んだ公事師だ。きっと腕利きの喧嘩上手に違ぇねぇ」

「だったら、どうだって言うんだ」

「宿の善四郎親分が、誰を頼みとなさるのかは知らねえが、名主様の後ろには手付の淵上様もついてる。喧嘩になるとは思われねぇ」

太郎吉の形相がますます険しくなった。太い眉毛がヒクヒクと痙攣《けいれん》し、見開かれた目は瞬《まばた》きひとつしない。

弥助は心底から恐ろしくなって、ゴクリと唾《つば》を飲んだ。

「いってぇ何が言いてぇんだ」

「弥助どん」

太郎吉が真っ直《す》ぐに目を向けてきた。

「このままだとオラたちは立ち行かなくされちまうぞ。田畑を潰して、これから死ぬまで、芋虫を飼って暮らせと言うだか！」

憤りを弥助に向けてくる。今にも殴りつけられそうで、弥助は後ずさりしようとした。その肩を両手で摑まれた。なにしろ丸木を運ぶ握力だ。振り払うこともできない。

「い、芋虫じゃねぇ、蚕だべ」

「同じことだ」

「イテテ……。そうだ、同じことだ。だからもうちっと、力を緩めてくれ……」

「弥助どん！」

「ヒイッ」

「こうなったらオラたちも、喧嘩の仕方を考えなくちゃならねぇぞ！」

弥助はようやく太郎吉の手から逃れて、痛む肩をさすりながら質した。

「喧嘩の仕方だと？　何を言ってるだよ」

「喧嘩に勝つには工夫ってもんが要る。そう言っとるだ」

「喧嘩じゃねぇぞ、公事だ」

とは言ったものの、公事とは何をどうやって争うものなのか、弥助はまったく理解していない。お江戸の偉いお役人様の前で口論をして、相撲の行司みたいに勝ち負けを決めてもらうらしい、と、おぼろげに推測しているだけだ。

（それなら確かに口喧嘩に似たものかも知れねぇ）

そう思わないでもなかった。

「それで、お前ぇは何を考えとるだよ？」

「喧嘩のことならオラに任せとけってんだ」

太郎吉は分厚い胸を反《そ》り返らせた。

「弥助どんも知ってのとおり、オラは喧嘩で負けたことがねぇ」

「そうだろうよ。その身体だから……」

「喧嘩ってもんは、闇雲に、力任せにブン殴りゃあいいってもんじゃねぇんだ。ここも使わなくちゃならねぇ」

太郎吉は人差し指で自分のこめかみをトントンとつついた。

「喧嘩の工夫も、オラに任せとけってことだよ」

なんだか嫌な気配が漂ってきて、弥助はますます憂鬱な気分になったのであるが、訊くだけは訊いてみた。

「どんな工夫だ」

太郎吉は目をギラギラとさせたまま、ニヤリと不穏に笑った。

「江戸の公事師の女房を攫《さら》ってやるのよ」

「ええっ？」

何を言いだしたのか理解できずに、阿呆面《あほづら》を下げて訊き返した。

「何を言っとるだよ？」

太郎吉は自分の妄想に浸りきっている顔つきで、おぞましい笑みを浮かべながら続けた。

「江戸の公事師も人の子だべ。女房は可愛いに違ぇねぇ。その女房は今、名主屋敷にいるだ。名主屋敷の下人から聞き出した話だと、すぐにも寺に移るって話だ」

「お前ぇ……、まさか本気で……」

「おう。攫ってやる。そんで公事師を脅してやるつもりだ」

「馬鹿を言うな！」

「馬鹿じゃねぇ！　そうでもしねぇと、池を埋められちまうんだぞ！」

太郎吉は太い腕を伸ばしてきて、弥助の襟《えり》を摑み、ギュウギュウと絞り上げた。

「弥助どん、いや、弥助兄ィ！　オラに力を貸してくれ！」

「力を貸せだと？　人攫いの手伝いをしろと言うだか！」

太郎吉の目は山犬か何かのようにギラギラとたぎっている。そのうえで黄色い歯を剝き出しにしているのだ。

（……正気じゃねぇ）

弥助は震え上がった。

「い、嫌だと言ったら……」

太郎吉は口許を歪めた。凄まじい目で弥助を睨んだ。

「こんな話を聞かれちまったんだ。オラだって磔も覚悟だ。だども、磔にはなりたくねぇ。弥助どんには口封じのために死んでもらうしかねぇ」

「何を言うとるだ！」

太郎吉が顔をグイッと近づけてきた。

「お前ぇさまの首をここで絞めて、骸《むくろ》は利根川まで担いで運んでいく。お前ぇさまは軽いし、オラは力持ちだ。朝までには、川に流して、村さ帰って来れるべ」

弥助は悲鳴を上げた。

「本気で言ぅとるのか！」

すると太郎吉は手を緩めて、ニヤッと笑った。

「もちろん戯《ざ》れ言《ごと》だべよ。人攫いを手助けしてくれろと頼んでおるのに、殺すわけがねぇべ」

笑顔でそう言ったが、目だけはまったく笑っていない。凄まじい眼光で弥助を凝視している。

弥助は太郎吉の手を振り払った。同時に後ろによろけて尻餅をついた。

「大丈夫《でぇじょうぶ》か？」

太郎吉が手を伸ばしてきたが、急いで逃れて立ち上がった。

（とにかく、この場だけは、誤魔化さなくちゃなるめぇ）

相手は正気ではない。

「わ、わかった。オラが力を貸すべぇ」

「おう、そうか」

太郎吉が嬉しそうに微笑んだ。だが、やっぱり目玉だけは、山犬のように恐ろしかった。

「太郎吉、くれぐれも軽はずみな真似はしねぇでくろ」

自分まで磔にされたのではたまらない。

「まずは掛け合いだ。仁右衛門様と話をつけるだ。それでお互いに納得のできるようになれば、それが一番だ」

「オラだってそう思ってる。公事師の女房を攫うってのは、最後の手だ」

「頼むぞ。きっと約束は守ってくれろな？」

「お前ぇさまもだ。告げ口したら許さねぇぞ」

太郎吉はクルリと背を向けると、大きな肩を揺らしながら去っていった。弥助はいつまでもその場に茫然《ぼうぜん》と立ち尽くしていた。

「──あっちっち！」

薪の炎が手許まで燃え移ってきて、弥助は慌てて放り投げた。そして我に返った。

「とんでもねぇ……、とんでもねぇことになっちまった」

誰かに聞かれてはいないだろうか。闇に向かって耳を澄ますが、枯れ草が夜風に靡《なび》く音しか聞こえては来ない。

弥助は転がるように走り出した。一目散に家に向かう。

（いったいどうなっちまうんだ、この村は）

泣き叫びたい気分で走り続けた。

四

お仙《せん》は目を覚ますと、ムックリと起き上がった。

自分がどこにいるのかがわからなくて視線を左右に向けた。

どこかの二階座敷のようだ。窓には黄ばんだ油障子が嵌めてある。風に吹かれてガタガタと音を立てる障子が、夕陽に照らされて眩しかった。

座敷の襖は閉め切られている。襖の向こうには廊下があるのか、別の座敷があるのか、それもわからない。天井は低く、梁《はり》が剝き出しで、その梁も天井板も、真っ黒に煤けていた。

窓の障子は煩く鳴り続けている。吹き込んできた土埃が床に薄く積もっていた。床板もずいぶんと古びている。土埃がなければ黒光りして見えるはずだ。床には莚が敷かれていたが、莚の目も汚れが詰まって薄黒くなっていた。

継ぎ当てだらけの古物だが、夜着を被せられていたらしい。お仙は夜着を払って、その場に座り直した。

「ここは、どこ……」

いったいどうしてここに寝かされているのか。記憶をたぐって、ハッとなった。

「あたしは、敵討ちのために――」

代官所手付の淵上を待ち構えていたはずだ。

「淵上は……」

どうなったのであろう。敵討ちは成功したのか。それともしくじったのか。成功したとしても、しくじったとしても、自分は代官所の牢屋に入れられるはずだ。こんな所で寝かされているはずがない。

刀もない。何が起こってこうなったのか、どんなに考えてもわからなかった。

その時であった。閉めきられた障子の向こうで、ミシッと足音がした。

お仙は慌てて莚から離れて座り直した。足音は重い。男の足音だとすぐにわかった。

断りもなく襖が開けられた。うらぶれた身形《みなり》の浪人者がヌウッと顔を出す。厳めしく荒《すさ》んだ顔つきだ。お仙は「ヒッ」と喉を鳴らした。

「おう、すまぬ。目を覚ましておったのか」

すまぬと言いながら遠慮もなく、浪人が座敷に入ってくる。お仙は怯えて板敷きの上を後退《あとずさ》った。すぐに壁に行き当たってしまう。狭い座敷だ。逃げ場はなかった。

浪人は座敷の真ん中に堂々と座った。

「あなたは、いったい何者なのです」

たまらずに訊ねると、浪人は「ほう」と言って、すこしばかり驚いた顔をした。

「その口調から察するに、身分のある家に生まれたようだな」

少なくとも、痩せ浪人に遠慮をする身分ではないようだ。

「しかし、ずいぶんと汚れた身形だ。長く旅を続けたようだな。着替えを買ってきた。古着だが、この片田舎では手に入れるのにずいぶんと苦労したぞ」

浪人が風呂敷包みを突き出す。それには目もくれず、お仙は訊き返した。

「ここは、どこです」

浪人は風呂敷包みを突き出したまま答えた。

「旅籠の二階だ。そなたが敵討ちをしようとした場所に近い」

お仙はギョッとなった。

「敵討ち……！」

やはり自分は敵討ちを敢行していたのか。

「あたしは……いえ、敵はどうなったのです」

敵か味方かもわからぬ相手に、思わず質した。

浪人は風呂敷包みを床に置くと、首を横に振った。

「残念だが、そなたは敵討ちを果たしてはおらぬ。我らが止めたのだ」

「あなたが？」

「左様。そなたを後ろから襲って、気を失わせた」

お仙は血相を変えた。

「何故です！　どうして邪魔をしたのです！」

「それはだな……」

浪人は語り辛そうに顔を顰めた。

「我らは今、江戸の勘定奉行所と浅からぬ関わりを持っておる」

「あなたはお代官所のお役人様？」

浪人はますます苦い顔をする。

「こんな見すぼらしい役人があるものか」

「では、密偵ですか」

「密偵とは人聞きが悪い。左様じゃな、拙者は……江戸の公事宿に雇われておるのだ」

「本当ですか」

疑わしい目でお仙は見た。

「嘘をついていらっしゃるのではございませぬか」

「嘘ではない。否、嘘かも知れぬが、嘘とも言い切れぬ」

「何を仰っているのか、さっぱりわかりません」

「拙者も、良くわかっておらぬのだ」

何が何やらわからないが、込み入った事情があるらしい、と、お仙は判断した。

「それで、あたしをどうなさるおつもりです。お代官所に突き出すのですか」

「そなたをどうするのか、それはそなたを助けた者に聞くが良い」

「どなたです」

「そのぅ……江戸の、公事師だ」

などと言っているうちに、階下から話し声と足音が聞こえてきた。

「噂をすれば影だ」

「公事師の方がいらしたのですか」

「それと、剣呑《けんのん》なヤクザ者だ。そなた、拙者の縁者だということにしておけ」

「何故です」

「さもないと、そのヤクザ者に売り飛ばされる」

お仙は息を飲んで、それから急いで頷いた。

階段を何者かが上ってきた。そして襖の向こうから顔を出した。

「おや、お気づきになったのですかえ。それは良かった」

色白ののっぺりとした顔つきの男が、お仙を見てヘラヘラと笑った。上州の百姓はみんな真っ黒に日焼けしているし、寒風に晒《さら》されて皺《しわ》も深い。そのうえいつも陰鬱に顔をしかめている。このように色白で、つるっとしていて、軽薄に笑っている男は極めて珍しかった。

男は座敷に入ってきた。男が座るのを待って、浪人が紹介した。

「江戸は馬喰町の公事宿、卍屋の主で、三代目甲太夫殿だ」

お仙は形だけ低頭したが、挨拶はしなかった。相手の魂胆がわからない。

（公事宿なら、お代官所とも昵懇のはず……）

だとしたら敵に近い。

続いて、尻端折りをした中年男が入ってきた。その顔を一目見るなり、お仙はギョッとなった。顔の真ん中を斜めに傷跡が走っている。こんな険悪な面相の男に出会ったのも、また、初めてだ。

男は、お仙が恐れたのに気づいたらしく、嗜虐《しぎやく》的に笑った。自分の面相が他人を怯えさせることを嬉しがっているように思えた。

「なんでぇ、この小娘は」

図々しく歩み寄ってきて、お仙の前で、ガニ股に腰を沈めた。品定めをするように目を向けてくる。

「鄙《ひな》にはもったいねぇ上玉じゃねぇか。安く見積もっても三十両で売れるぜ」

お仙は怖じ気《おけ》を振るって顔を背けた。

「よさぬか伝兵衛」

浪人が苛立《いらだ》たしげに声を上げた。

「この娘は、わしの存知よりの者の……娘御だ」

「へえ！」

伝兵衛と呼ばれたヤクザ者は、わざとらしく素っ頓狂な声を上げた。

「榊原の旦那の知り人でしたかい。で、名前ぇは」

榊原と呼ばれた浪人が口ごもった。お仙は、伝兵衛に怪しまれては危ないと直感して即座に答えた。

「仙と申します。そのぅ、榊原様には、生前、父が世話になり……」

「ふぅん」

納得したのか、しないのか、伝兵衛は引き下がって腰を下ろした。ヤクザ者の分際で、江戸の公事師や、榊原という浪人よりも上座に座ったのが不思議であったが、なにかの事情があるのだろうし、それを忖度《そんたく》しても仕方がないので、お仙は黙っていることにした。

お仙は、ツルリとした白面の公事師に目を向けた。榊原という名であるらしい浪人の言によれば、この公事師が敵討ちの邪魔をし、しかも自分をここに匿《かくま》ったらしい。淵上と昵懇の間柄なのであろうか。だとしたら、どうしてお仙を淵上に突き出さなかったのか。

考えてもさっぱりわからない。

伝兵衛が横目で公事師を睨んだ。

「この小娘、お前ぇの同類かい？」

公事師は薄笑いを浮かべたまま、首を横に振った。

「いいえ」

「なんだ、素人《しろうと》かよ」

伝兵衛が落胆したような顔をした。

「お前ぇの加勢かと思ったぜ。しかし、何も知らねぇ素人だっていうのなら、迂闊な物言いはできねぇな、そうだろ、甲太夫の旦那？」

「そういうことです」

公事師はにこやかに頷いた。二人の会話にどういう意味があるのか、お仙には理解できない。

「それで、榊原の旦那。この小娘をどうしようってんですかい」

今度は榊原に訊ねる。それについては、お仙も知りたい。

榊原は憮然《ぶぜん》として答えた。

「なにも考えておらぬが、放ってもおけぬのでな。なにしろこの上州には、貴様のような悪党どもが山ほどおる。迂闊に一人にしておいたら、人買いの餌食《えじき》だ」

「へへっ、違ぇねぇや」

悪びれた様子もなくヤクザ者がせせら笑った。

お仙は、この浪人は意外に善《よ》い人なのかも知れない、と思ったのだが、やはり油断はならない。

（隙を見て逃げ出そう）

そう考えて、とりあえず様子をうかがうことにした。

伝兵衛が大きく胡座をかき直した。

「こんな貧乏旅籠だ。夜の灯《とも》しは期待できねぇ。日のあるうちに飯を食っちまおうぜ。前祝いだ。景気よく酒も頼むとするか」

榊原は憮然としたまま答えた。

「日のあるうちに飯を食うのは賛成だが、しかし、こんな場末の安宿だ。酒も肴《さかな》も期待はできぬぞ」

「上方からの下り酒が飲めるなんて思っちゃいねぇさ」

伝兵衛は台所に向かって声を掛けた。

「夕飯だ。酒と肴も頼むぜ」

階下から「へーい」と男の声がした。旅籠の主人の声だろう。伝兵衛は舌打ちした。

「なんだよ、この旅籠にゃあ、女も置いていねぇのか」

「街道からは外れた場所にある宿だからな」

榊原が答える。伝兵衛は顔の傷を歪めた。

「なんだって、そんな所に宿をとったんだよ」

それは気を失ったお仙を介抱するためであったのだろう。遠くの旅籠まで運ぶことは難しかったはずだ。

「我らは人目を憚る。違うか」

榊原は、お仙の敵討ちには触れずに、別の言い訳をした。伝兵衛は、

「用心するに越したことはねぇけどな。それにしたって、もう少しマシな旅籠があったろうによ」

伝兵衛が愚痴をこぼしているうちに、親爺が膳を抱えて入ってきた。

「へい。お待ちどう」

座敷を見回して、誰が一番身分が高いのか判断できなかったらしく、座敷の真ん中に置いた。

「一度に運べねぇだで」

逃げるように一階の台所に下りていった。

伝兵衛が膳を覗きこんだ。

「なんだこりゃあ。牢屋のモッソウ飯か」

精米が足りていないので、米はほとんど玄米に近い状態だ。そのうえに蕎麦《そば》が混ぜてある。

精米が足りないのは、糠《ぬか》を落とすとその分だけ米粒が小さくなってしまうからだ。糠の分まで食べなければ腹一杯にならない。それでも足りない分は蕎麦で誤魔化す。

伝兵衛は膳を引き寄せた。

「沢庵漬けに萎《しな》びた青物、汁は、なんだかドブ水みてぇな色をしていやがる」

悪人面の印象そのままに、行儀も口も悪い。百姓育ちは飯に文句などつけない。

お仙は、これらの料理はこの地方では、十分なご馳走だということを知っていた。とくに沢庵漬けは貴重であった。

しかし、数年前までのお仙なら、きっと、このヤクザ者と同じ感想を抱《いだ》いて、顔をしかめたことであろう。

親爺が膳を運び入れてくる。公事師と榊原の前に膳が据えられ、最後にお仙の前に膳が置かれた。

「よし、食おうぜ」

伝兵衛が箸を手にした。

お仙も箸を取って、椀《わん》を手に取る。ムッと玄米の糠の臭いが鼻をついた。玄米には慣れたが、美味《おい》しいと思ったことはない。

それに、そもそも空腹を感じる状況ではなかった。

(だけど、食べなければ、いざという時に身体が動かない)

そう思って無理に箸を動かしたが、まるで砂を噛んでいるかのような味気なさ。

汁で喉に流し込もうと思ったが、汁の塩気も感じられなかった。

「なんでぇ、まるで塩っ気がねぇぞ」

ヤクザ者が悪態をつく。お仙は、食に関してだけは、この男と気が合うみたいだ、と思った。

酒が運びこまれてきた。肴は今度も沢庵漬けであった。

ヤクザ者は、文句を言う気も失《う》せた、という顔つきだ。

「おい、酌をしろぃ」

お仙に目を向け、クイッと顎で銚釐《ちろり》を示した。

お仙は、この場はヤクザ者を怒らせない方がいいだろうと思案して、言われたとおりに膝を進めた。銚釐を手にして酌婦の真似をする。伝兵衛が手にしているのは土器《かわらけ》だ。素焼きの小皿を盃の代わりに使う。震える手で銚釐を傾けて、酒を注《つ》いだ。

伝兵衛はニヤリと笑った。

「見れば見るほど美形だぜ。榊原の旦那の縁者じゃなかったら、高く売れるってのによ」

粘っこい目でお仙を凝視し、お仙を心底から震え上がらせながら土器を呷《あお》る。そして「むっ」と顔をしかめた。

「酷《ひで》ぇ酒だ」

それでも吐き出そうとはせずに飲み込んだのは、酒飲みならではの意地汚さというものであろう。


安酒ほど酔いが回る。意地汚い伝兵衛は、公事師と榊原にはほとんど銚釐を回さずに一人で飲んだ。伝兵衛の顔が熟柿《じゅくし》のように紅《あか》くなった。

お仙は、このヤクザ者だけでも早く酔い潰れてくれないものか、と思いながら、座敷の端に座っていた。

「それにしても首尾よくことが運んだもんだ。さすがはいかさま――いや、評判の公事師サマだぜ」

素面《しらふ》の時から多弁であったが、酔うとますます口数が多くなるらしい。

お仙は、この男たちの素性がわかるかも、と思い、注意深く耳を澄ませた。

伝兵衛はガハハと高笑いをした。

「悪四郎の野郎。すっかりお前ぇの口先三寸に丸め込まれやがったな」

お仙はハッとした。

(悪四郎って……、石田の宿の、善四郎親分のこと……?)

円《つぶ》らな目を伝兵衛に向ける。

すると、伝兵衛の隣に座っていた公事師が、「おや?」という顔つきで目を向けてきた。

お仙は鼓動を高鳴らせた。悪四郎という名に反応したことを、見抜かれてしまったようだ。

公事師は意味ありげな笑顔で、首を静かに、横に振った。

お仙は慌てて顔を伏せた。幸い、もっとも警戒すべき伝兵衛には、気づかれずに済んだようだ。

「さぁ、伝兵衛親分、残りの酒も飲んじまっておくんなさい」

公事師も伝兵衛を酔い潰すつもりであるらしく、なみなみと酒を注いだ。

第四章　お菓子と賽子《サイコロ》

一

翌朝、朝食をとって身支度を整えたお甲は、懸案の用水池を見に行くことにした。名主の仁右衛門は、

「どこに悪四郎の子分が潜んでいるかわからない。悪四郎に唆《そそのか》された百姓衆も剣呑だ」

と言って止めたが、そんなことを恐れているようでは公事師は務まらない。

菊蔵たち下代もついている。田舎俠客など恐れるものではない。百姓衆がやって来たら、願ってもない話だ。仁右衛門の真心を伝えて、わだかまりを解いてあげよう、などとお甲は考えていた。

田舎道を歩んでいくと、野良仕事の百姓たちが顔を向けてきた。余所者だと気づ

くと、関心を失《な》くした様子で、すぐに自分の仕事に戻った。

どんな田舎であっても、余所者は珍しくもない。石田村の道は西の山へと延びているが、山の中にも杣人や猟師が住み、その先には峠があり、信濃国《しなののくに》へと通じている。

「ご名代、ここが用水池の堤のようですぜ」

若い下代の辰之助が言った。

長い土盛りが続いている。高さは八尺（約二メートル半）ほどあるだろう。辰之助はすばしっこい身のこなしで、土手を駆け上った。

「ああ、こいつは凄《すげ》ぇや」

一人で歓声を上げている。お甲と菊蔵も土手を上った。

「ああ」と、お甲も思わず声を漏らした。

池の水面が風を受けて、さざ波立っている。陽光を浴びて眩しく輝いていた。

「日差しの春、なんて言いやすが、いつの間にやら春めいて参りやしたね」

菊蔵がいかつい顔に似合わぬ物言いをした。

風は冷たいけれども、陽《ひ》の光は力強さを取り戻しつつある。土手の枯れ草の間から緑色の小さな芽が頭をもたげていた。

それにしても立派な用水池だ。

（これほどの池を埋め立てようとするなんて）

気宇壮大だと言えなくもないが、もったいないとも感じられる。百姓たちが恐れるように、罰が当たりそうな気もしてきた。

しかし、お甲は公事師である。公事師はおのれを雇った者のために道理を立てる。

（御代官所手付の淵上様も、この用水池は埋めるべきだとお考えなのだ）

そのつもりで池を調べなければならない。

池を覗きこむと、底には白っぽい土が溜まっていた。

（これが山焼けの灰なのかしら）

近隣の山々に降った火山灰が、谷川の水で運ばれて流れ込んでくるのであろう。

二代目甲太夫（お甲の父親）はかつて、利根川の底浚いに関する公事を請け負ったことがあった。天明三年に大噴火を起こした浅間山の灰と土石流が、吾妻《あがつま》川に沿って流れ下って、利根川を埋め、武蔵国《むさしのくに》の深谷にまで達した。関八州の舟運を維持するために、幕府は大金を用意して浚渫《しゅんせつ》作業を開始したのであるが、その順番や予算配分を巡って、村々が諍いを起こしたのだ。

浚渫作業はいまだに完了していない。あと何十年かかるのか、お甲には想像もつかなかった（利根川の浚渫が終わったのは明治に入ってからである。徳川幕府は律儀にも営々と、浅間山の土石を除去し続けたのだ）。

人々を悩ませ続けた火山灰であったが、池の底が白いせいだろうか、池の水は信じられないほどに青々と澄み、輝いて見えた。皮肉なことである。

辰之助が熱心に堰《せき》を調べている。お甲は堰に足を向けた。

池に流れ込んできた水は堰から外に流れ出る。堰枠は大きな石で造られていた。石の柱の間に、ぶ厚い板が横に重ねられていて、堰の外側から土の詰まった俵《たわら》で押さえられていた。

堤の上を歩いていく。

「田植えの時期に堰を切って、水を村中に流す仕組みのようですぜ」

土俵《つちだわら》を取り除き、横板を外すと、池の水が用水升《ます》に溢《あふ》れ出て、用水路に分配され、村中の田圃を潤すのだ。

辰之助は池の底を覗きこんだ。

「横板の四枚目まで灰に埋まっていやすぜ。こうまで底が浅くなっちまったんじゃ、池に溜まる水の量も少なくなったのに違えねぇや。村中に用水を行き渡らせるのは難しいかもしれやせんぜ」

だから村人は、代官所に池の底浚いを願い出て、それが叶わないとみるや、宿の俠客の懐を当てにしたのであろう。

菊蔵は水面ではなく、堤に目を向けている。

「どうやらこの池は、元からあったもんじゃなくて、堤を築いて塞《せ》き止めて造ったものらしいですな」

天然自然の池ではない。

菊蔵はニヤリと笑った。

「そんなら仁右衛門様の道理が通りやすぜ。この池は必要があって人が拵えたモンだ。いらなくなったから元に戻す、ってぇ理屈も通りやす」

自然を破壊することは、人として不遜《ふそん》である。神の怒りも恐ろしい。だが、人の手による池ならば、そうでもない。自然に返すことは、責められることではないはずだ。

「だけど菊蔵、先祖が苦労して造った池を、子孫が壊すのは罰当たりだってことになりはしないかい?」

「そこはこれからの説得次第でさぁ。蚕を育てる道を拓いて、子孫に楽をさせてやるんだ、そうすりゃあご先祖様も喜んでくれなさるはずだ、って、こんなふうに言いきかせるんでさぁ」

お甲は別のことを考えた。

「この池の水を使っているのは、石田村のお百姓衆だけなの? 用水路の川下の村はどうなっているんだろうね?」

「さいですな。下の村までこの用水池に頼ってるってことになったら、話は面倒になりやす」

「石田村の一存で池を潰したら、下の村が怒りだすかもしれない」

「そうなったら、下の村には公事に訴え出させて、ウチでその公事を世話して差し上げましょうぜ」

老練な下代らしい、がめつい物言いをした。

他人の諍いに首を突っこんで金を稼ぐ。公事師を快く思わぬ者も多い。今の菊蔵の物言いや、意地の悪そうな笑顔を見れば、そう思われるのも仕方がないことだ、と、お甲は思った。

「いずれにしてもお嬢さん、春も本番になったら、百姓衆は田圃に水を引こうとするはずだ。それまでに池を埋め立てる話を纏《まと》めなくちゃならねぇですぜ」

残された時間は二月ほどしかあるまい。

「うん。そうだね……」

お甲は公事を勝ちに導くための方策を、頭の中で練り始めた。


「あれが公事師の女房か」

太郎吉が物陰から首を伸ばしながら言った。

お甲たちが立つ堤を、近くの丘から見下ろしている。

「なるほど、他人の喧嘩に首を突っ込んで稼いでいるだけに油断はねぇ。おっかねえ面構えの男衆を引き連れていやがる」

杉の巨木の陰には弥助の姿もある。太郎吉に無理やり引っ張りだされて迷惑そうだ。江戸の公事師たちを探る勇気もなく、首を竦めている。

「おい、太郎吉、そんなに首を伸ばすな。見つかったらどうする」

震え声で訴えるが、太郎吉に無視された。

「もっと近くで見てみるべぇや」

太郎吉が丘の斜面を下っていく。

弥助は震え上がった。昨夜の太郎吉は、その場の勢いで、できもしない大言壮語を吐いたのだと思っていた。一晩眠れば頭も冷えて、おのれの無謀を悟ってくれると信じていた。

だが太郎吉はますます本気になっている。公事師の女房を攫う下見だと言い出して、弥助を引っ張り回している。

太郎吉の一本気と向こう見ずを知っているだけに恐ろしい。

「このままじゃあ、取り返しのつかねぇことになっちまう……」

弥助の声は震えた。

二

お仙は公事師の後ろにくっついて歩いていた。

今日も良い日和《ひより》だ。空は晴れ渡り、乾いた風が上州の枯れ野を吹きわたっている。田畑と枯れ野の中を、細い道が曲がりくねりながら延びていた。中山道の脇往還だ。地元の者しか知らないような細道で、いくつもの別れ道に分岐していたが、公事師と浪人は迷うことなく、道を進んで行った。

裏街道を行く者といえば、追われ者や無宿者のことを指す。裏道を良く知るこの二人も、世間に対して疚《やま》しいことのある者たちなのかも知れなかった。

公事師と浪人は、枯れ野の道を北へ向かい、次いで西へ折れ、すなわち石田村の方角に進み始めた。自然とお仙も、そちらに足を向けることになった。

お仙は後ろを振り返った。ヤクザ者の伝兵衛はいない。誰かと繋ぎをつけるつもりなのか、一行とは早朝に別れた。

伝兵衛は明らかに悪人だ。信用できない。

けれども、榊原という浪人は、信用できる人かも知れない――と、お仙は感じている。

お仙は前を歩く公事師を見た。

（いちばん得体の知れないのは、この人だ）

善人なのか、悪人なのか、わからない。まったく摑み所がない。

「あのぅ……」

思い余って、つい、声を掛けてみた。公事師が足を止めて振り返った。笠の下で白い顔が笑っている。

「なんですね」

いかにも人が好《よ》さそうに見える。それでつい、引き込まれるようにして、喋った。

「公事師さんは、善四郎親分のところに行かれるのですか」

すると公事師は「おや？」という顔をした。

「妙なことをお訊ねになる。別のことを訊かれるかと思ってた」

「別のこと？」

公事師はますます意味深に微笑んだ。

「どうして敵討ちを邪魔したのか、とか、なぜ役人に突き出さずに匿ったのか、などなど」

「あっ……」

そう言われればこの二人の行動は確かに不思議だ。そしてその不思議を一時忘れていた自分も不思議だ。

「ええと……、公事師さんが敵討ちを邪魔したのは、江戸の公事宿が御勘定奉行所のお役人様と昵懇だから、と聞きました」

「誰から聞いたのですね？」

お仙は背後の浪人にチラッと視線を向けた。

「榊原様に」

「なるほど。まぁ、それもありますけどね」

「それもある？　では他にも理由《わけ》が？」

「もっぱらの理由は、若い娘様には敵討ちなど似合わない、と思ったからですよ。あなたの細腕では、馬に乗った侍を殺せるとは思えませんでしたしね」

「あたしは、できます」

お仙はムッとして唇を尖らせた。それを公事師は、さも面白そうに見つめている。

「あなたを役人に突き出さなかった理由も同じでしてね。むざむざとあなたを死なせたくはなかった、ということで。余計なお世話でしたかね」

「あたしは敵を討つことさえできれば、その場で死んでも本望だったのです」

「まぁ、そのように思いつめなさいますな。あんな所で、見届け人を頼みもせずに待ち伏せしていたってことは、どうせ仇討《あだう》ち免状はお持ちでないのでしょう？」

お仙は言い返せない。公事師は薄笑いのまま、続けた。

「仇討ち免状をお持ちじゃないということは、あのお役人が確かに敵だという証拠もない。私怨で相手のお命をつけ狙っている、ということですよね」

お仙はやっぱり言い返すことができなかった。

「それなら、ここを使うことです」

公事師は自分のこめかみをトントンと叩いた。

「ここを使って、仕返しをなさったほうがずっと賢い」

お仙は思わずむくれた。言っていることは正しいのであろうが、口ぶりが癇《かん》に障ったのだ。馬鹿にされているような気分になる。否、間違いなく馬鹿にされている。

「それでは、最初のお訊ねに答えましょうかね」

公事師はしれっとした顔で続けた。

「仰る通りで、手前どもは石田村に向かいます」

お仙は、むくれっ面を吹き飛ばし、弾《はじ》かれたように訊ねた。

「公事師さんは善四郎親分のお味方なのですね？　庄屋の仁右衛門と戦うおつもりなのでしょう？」

公事師は鼻先で「フフン」と笑った。

「どうやらあなたは、石田村に関わりのあるお人のようですね」

お仙は慌てて口を閉ざした。公事師はますます面白そうに笑った。

「隠さなくても結構ですよ。……隠しなさっても結構ですがね」

「あなたは、善四郎親分が雇った公事師なのでしょう？　仁右衛門と公事で戦うために」

「公事の次第にもお詳しいのですね。ただの娘さんとは思えない。……ま、詮索はいたしませんけれど」

「善四郎親分は、公事で勝てるのでしょうか。仁右衛門を退けて、村の衆を救うことができるのですか」

お仙は公事師に詰め寄った。その真剣な顔を、公事師はじっと見つめた。

「詳しい経緯は話せませんけれどね、実は手前は、名主の仁右衛門さんに雇われた、ということになっている、公事師なのですよ」

「えっ……」

「人が悪くて申し訳ございませんがねぇ」

「だけど、伝兵衛さんの話だと、あなたは善四郎親分と通じている、とか……」

「通じていますよ。人の悪い話ですけれどね」

「いったいあなたは、どっちのお味方なのですか」

若い娘に特有の、短兵急な正義感を見せて詰め寄ると、公事師はますます人が悪そうに笑った。

「どっちの味方でもないですよ。あたしはただの騙り者ですから」

「騙り……？」

「公事なんて騙りですよ。皆さんが、それと気づいていないだけです。舌先三寸、どうにでも転がっていくのが公事ってもんです」

お仙は唇を尖らせた。

「あたしには、わかりません」

「ええ。わかってほしくもないです。わからないほうが幸せってもんです」

お仙は、やっぱり馬鹿にされていると感じて、黙り込んだ。

この男は人当たりは良いけれども、実はどこの誰よりも質《たち》の悪い大悪党だ——と思えてきた。

「ところで」

公事師が急に話題を変えた。

「あなたをこのまま石田村にお連れしてもよろしいのですかね？　あなたには、村に入ることのできない、事情があるんじゃないのですか」

お仙は俯いた。それを見て、公事師は微かに笑ったようだ。

「石田村には入れない。だけど石田村のことは気になって仕方がない。だから今朝も逃げ出さずに、このあたしについてきた。そうですよね？」

「何もかもお見通し、ですか。さすがは江戸の公事師さんですね」

「そんな憎々しい顔をなさらずともよろしいですよ。せっかくのお美しいお顔が台無しだ」

「戯れ言はやめてください」

「あたしはね」

公事師は急に、真面目な顔つきになった。

「八方丸く治まってもらえたら、それがなによりだと思っているのですよ。あたしが主……ということになっている公事宿は、石田村の名主の仁右衛門さんのご依頼を受けて働いている。だけどあたしは、善四郎親分の意を受けたのです」

「どうして、敵方に内通するのです?」

「銭のためですよ」

公事師は、まったく悪びれた様子もなく答えた。

「お金のために、味方を裏切るのですか」

「そうです」

「そんなの卑怯です」

「ですから八方丸く治まってもらいたいと思っているわけです。皆さんに満足してもらいたい。そうすれば、皆さんから銭を受け取ったことは裏切りになりません」

お仙は公事師の顔を真っ直ぐに見た。やっぱり、信用しがたい、大悪党の顔に見えた。

その顔が、ニンマリと笑った。

「どうやらあなたこそが、その、八方丸く治めるための鍵を握ってるみたいだ。そんな気がしてきましたよ」

公事師はヘラヘラと笑うと、前を向いて歩きだした。

お仙は（この男についていって、本当に大丈夫なのだろうか）と心配になりながらも、男の後ろについて歩き始めた。

三

おりきは、お梶《かじ》に引っ張りだされて、村の小道を急いでいた。

短く仕立てた着物の裾から脹脛《ふくらはぎ》を露出させている。いかにも貧しげな、百姓然とした姿だ。足をせわしなく急がせながら、おりきは不安の声を漏らした。

「勝手に乙名さんの屋敷に行ったりしたら、うちの人に叱られるよ」

おりきは十九歳である。本百姓の家に嫁に入って四年になる。実家も百姓なので、婚家の暮らしにはすぐに馴染んだ。おりきという名は、田畑での力仕事が楽々こなせますように、という願いを込めて、親がつけてくれたものであった。

「乙名の作治《さくじ》さんは、仁右衛門さんと仲がいいじゃねぇか。うちンとこのは、用水池を潰すことを良く思っていねぇから、作治さんの屋敷に行ったことが知れたら、叱られるだよ」

するとお梶が険しい顔で振り返った。

「作治さんのお屋敷で、菓子を食わせてくれるだよ。これを逃したらなんねぇぞ」

「菓子？　なんで乙名さんが菓子を食わせてくれるだよ？」

「いいから来い！　お前ぇの分まで食っちまうぞ！」

お梶は気性が荒い。歳も一つ年上だ。仲の良い二人であったが、その仲の良さは、おりきがお梶の横暴に堪えているからこそ成り立っている。

お梶は世話をする人があって、利根川の船頭の家から石田村に嫁に来た。貧しくて辛抱ばかり強《し》いられる百姓暮らしには飽き飽きしている様子であった。なにしろ百姓はグズグズしている。内省的で腰が重い。良く言えば慎重で思慮深いということなのだが、船頭の気《き》っ風《ぷ》を当たり前として育ったお梶の目には、百姓は皆、鈍重な愚か者に見えているらしい。

お梶は、農村社会の小さな体制破壊者に他ならないわけだが、おりきにとっては大切な姐御《あねご》であった。お梶との交際は、退屈な暮らしに新風を吹き込んでくれる。

楽をして仕事をする手段や、ズルをして怠ける手口も教えてもらった。

「ほれ、もうみんな集まってるだぞ」

作治の屋敷のトボウグチには、近在の女たちが押し寄せてきていた。

「菓子をみんな食われる前《め》ぇに急げ」

お梶が走り、

「本当に食わせてもらえるだべぇか」

半信半疑の面持ちで、おりきが続いた。

石田村には七人ほどの乙名がいる。乙名の一人、作治は、仁右衛門に近しい意見の持ち主だ。火山灰で収穫の落ちた稲作は放棄して、養蚕で村を立て直すべきだと主張している。用水池を潰すことにも賛成だ。当然、稲作にこだわる百姓たちとは対立していた。弥助や太郎吉が頼りとする乙名の多吉とは、正反対の立場にいると言える。

おりきはトボウグチをくぐった。板戸は外されて、台所は戸外の明るさに奥まで照らされていた。

集まっていたのは本百姓の女房ばかりが二十人ほどだ。人口が三百八十人ほどの小さい村だが、親しい組内と疎遠な組とがある。良く見知らぬ顔も、何人か見受けられた。

座敷の板戸が開かれて、奥から一人の女が出てきた。

「皆さん、今日はようこそお越しくださいました」

にこやかな笑顔で挨拶する。

おりきは少なからず驚いた。

(誰だべ)

作治の女房ではない。それどころか、百姓の家の女だとは思えない。

汚れの一つもない綺麗な着物を着ている。髪は見たことのない形に結い上げていた。油を使っているらしいその髪は、黒々と艶《つや》光りしていた。

(オラたちが髪にあんな油を使ったら……)

野良仕事で土埃を被り、真っ白に汚れてしまうだろう。

油についた土埃はなかなか落ちないので、百姓女は油で髷を結い上げることはしない。

驚くほどに美しい人だ。これほどまでに美しいと、嫉妬も羨望も湧いてこない。まったく別の世界の美しさだと感じた。

（きっと、お江戸から来たお人に違いない）

おりきはそう直感した。

隣ではお梶も茫然と見とれている。いつもは必ず辛辣《しんらつ》な口を利いて、ひとくさり貶《けな》してみせるお梶であるのに、今回ばかりは完全に圧倒されている様子であった。

「さぁ、どうぞお上がりください」

台所に面した板ノ間の戸が開け放たれる。開けたのは、法被《はっぴ》を着けた若い男たちだ。汚れのない白い顔で、月代《さかやき》もひげも綺麗に剃《そ》っている。黒髪を鬢付け油で鯔背《いなせ》に結い上げて、おりきの目には、ドサ廻りの旅役者よりも好い男に見えていた。

板ノ間には、紅い布が敷かれていた。緋毛氈《ひもうせん》というのだが、おりきはその名を知らない。目にしたのも初めてだ。

「甘茶をご用意いたしやしたぜ」

五十ばかりの厳《いか》めしげな男が、精一杯の愛想笑いを浮かべながら、茶釜を運び込んできた。謎めいた美女も、法被姿の若い者たちも、熱心に勧める。石田村の女房たちは、狐に誑かされているのでは、と、訝しがりながら、板ノ間に上がった。

「ここに座るのだべか」

「なんだか罰が当たっちまいそうだよォ」

口々に言い交わしながら、緋毛氈の上に正座した。

美女が、お姫様のような気品あふれる笑顔を皆に向けた。

「今日の茶会は、名主の仁右衛門様が、御代官所手付の淵上様にお願いして、お許しをいただいたものでございます。少しばかりの贅沢をしたところでお叱りを受けることはございません。ごゆるりとお楽しみくださいませ」

若い男たちの手で甘茶の茶碗が配られた。そしてついに、江戸のお菓子が女房たちの目の前に据えられた。

（本物の花みてぇだ）

おりきは、まじまじと菓子を見た。

百姓女たちは遠慮して手を伸ばせないでいたが、美女に勧められて、ついに菓子皿を手に取った。楊枝《ようじ》という物を使って菓子を割って、恐る恐る、口に運んだ。

「むぅ！」

口をつぐんだまま、女房の一人が歓声を上げた。他の女房たちも目を丸くさせ、感激を露《あらわ》にしている。

お梶も一口、口にして、

「うめぇ！」

と叫んだ。

おりきも恐々と菓子を割って、口に入れた。そして（おお！）と、賛嘆した。

（舌が蕩けてしまいそうだべ！）

これは神様仏様の食べ物ではないのか。

茶もまた美味い。渋みと甘みが渾然一体となって、なにがなにやらわからなくなりそうだ。脳味噌が沸騰しそうであった。

女房たちはほとんど感涙に咽《むせ》びそうになりながら、菓子を食らい続けた。

「こんな美味《うめ》ぇもんが、この世の中にあったのかよ」

一人が言う。それを受けて、年嵩《としかさ》の女房が、

「江戸のお人は、こんなもんを食っていなさるんだなぁ」

と、羨《うらや》ましげに言った。

すると、謎の美女が、ますます謎めいた微笑を浮かべた。

「そんなことはございません。上州にお暮らしの御方でも……そうですねぇ、富岡《とみおか》や高崎のお人なら、年に一、二度、盆と正月ぐらいには、このようなお菓子をお召し上がりでございますよ」

それを聞いた女房衆は、空になった皿を見つめて一斉に溜息をついた。

「さすがに大街道の宿場の衆は、銭を持ってるだなぁ」

「オラたち百姓じゃあ、どれだけ働いたって、菓子なんか食うことはできねぇ」

異口同音に嘆いていると、美女がまたしても首を横に振った。

「富岡や高崎のお人と言っても、宿場の皆様ではございません。お百姓の衆でございます」

女房たちは「えっ」と叫んで目を剝いた。

「馬鹿言うでねぇよ。どうして百姓が、菓子を買う銭を持っとるだよ」

美女は艶然《えんぜん》と微笑んで答えた。

「蚕を飼っていなさるからです」

すかさず入ってきた若い者たちが、色とりどりの絹布を女房たちの前に広げた。

「蚕の糸で織った布にございます」

美女が説明する。女房たちは「わぁ」と、少女のような声を上げた。甘い物も好きだが、美しい物も大好きだ。

「富岡や高崎のお百姓たちは、この布を作って、江戸の商人に卸しているのでございます」

「高く売れるんだべなぁ」

お梶がうっとりとして呟いた。美女は大きく頷いた。

「もちろんでございますとも。富岡や高崎のお百姓たちは、その金で豊かに暮らし、菓子でもなんでも、食べていらっしゃるのでございます」

女たちは、急になにやら考え込む目つきになった。

「白い芋虫を育てるなんて、気色悪《わり》ぃと思ってたけんど……」

年嵩の女房が呟いた。それを受けて別の女房が言う。

「あんな綺麗な布が織れて、それが高く売れるっていうなら、芋虫でも有り難《がて》ぇもんだべな」

女房たちは皆で頷いて同意した。

百姓の家の女たちは、綿布や麻布しか着たことがない。それらの布地と比べると、絹布の滑らかさと輝きは驚異的である。まさに豊かさの象徴に思えた。

その豊かさを、芋虫さえ飼うことを厭《いと》わなければ、自分たちのものにできるのだ。

謎の美女が、一同を見渡した。

「名主の仁右衛門様と乙名の作治さんは、この村でも蚕を飼うべきだとお考えなのですよ」

「おう」と女たちは賛同の目を向けた。

美女は意を強くした様子で続けた。

「蚕の餌は桑でございます。仁右衛門様は用水池を潰して桑畑をお作りなされるおつもりです」

女房たちは顔を見合わせた。

「池を潰すなんて、罰当たりな話だと思っていただが、こうなってくると、気持ちが変わってくるべな」

「オラの家の田圃は、灰を被ってすっかりノッペイになっちまっただ。苗を植えても、稲が育たねぇ」

「オラんとこの畑もノッペイだ」

「芋虫を育てた方が賢いかもわからねぇぞ」

女房たちは口々に言い交わした。

美女が頃合いを見て、語りだす。

「まもなく御勘定奉行所のお役人様による公事のお調べが入ります。石田村の皆々様が、用水池を潰すことに賛同なされるのか、反対なされるのか、お役人様が確かめにいらっしゃるのです。その際に皆様には、是非とも、池を埋めて蚕を育てることに賛同なさっていただきたいのです」

女房たちは互いに顔を見合わせていたが、やがて、揃って、大きく頷き交わしたのであった。


おりきはお梶と一緒に作治の屋敷を出た。自分たちの家に向かって歩く。

おりきは横目でお梶の顔つきを窺《うかが》った。お梶は、怒ったように眉根を寄せ、口をきつくへの字に結んでいた。お梶という女は、何事か感情を昂《たかぶ》らせた時には必ず怒った顔をするのだ。

「お梶、どうする。お前ぇは蚕を飼う気か」

恐る恐る訊ねると、案の定、お梶は鋭い目を向けてきた。

「当たり前《め》ぇだろ。富岡や高崎の百姓たちにだけ、良い目を見せてたまるもんかよ」

喧嘩腰の口調で吐き捨てるように言った。それから決然と前を向いた。

「オラはもう、百姓の暮らしには飽き飽きしてんだ。田圃も畑もノッペイ。耕しても苗を植えても育ちもしねぇじゃねぇか！　それなのにウチの飲んべぇときたら、毎日毎日、阿呆みてぇに鍬《くわ》を振るってよォ。稼ぎもねぇのに酒ばっかり食らいやがって！」

夫の悪口が始まった。おりきの目からみればお梶の夫は、働き者の良い百姓だ。それに田畑も広い。酒が飲めるだけでもたいしたものだ。

（オラんところじゃあ、夫も舅も、酒なんか飲むことはできねぇ）

この寒村において、お梶の家はまだしも豊かな百姓なのだが、船頭の家に育ったお梶の目には、そうは映っていないらしい。

「オラはどうでも蚕を飼う！　嫌だと言ったら三行半《みくだりはん》を叩きつけてやる！」

三行半の離縁状は、夫が妻に出す物なのだが、おりきはあえて黙っていた。おりきも本心を吐露すれば、養蚕に心を動かしている。灰が降ってからというもの、百姓仕事は何もかもが上手くゆかない。

（だども……、オラの夫は、先祖代々の田圃を、神様みてぇに大事にしているからなぁ……）

養蚕をやりたいから、用水池を埋めることに賛成してくれ、などと頼んだら、それこそ火山が噴火したみたいに怒りだすのに違いなかった。

四

おりきの夫の五助《ごすけ》は、村の百姓仲間の権六《ごんろく》に連れられて、夜道を歩いていた。

「いってぇ、どこさ連れて行く気だ」

春が近づいているとはいえども、寒い毎日が続いている。夜歩きをするのは身に堪える。

すると権六は無精ひげの生えた顔を綻ばせた。

「なぁに、すぐに身体はあったまる。美味い酒を飲ませてもらえるだでな」

「酒だぁ？」

五助は首を傾げた。

「飲ませてもらえるってのは、どういうことだべ。オラぁ、銭なんか持っていねぇ。飲み代の払いはできねぇぞ」

すると権六は、さも見下したような視線を向けてきた。

「やい五助。最後に酒を飲んだのは、いつだ」

「秋祭りの時だぁ」

五助は即座に答えた。記憶を手繰《たぐ》る必要もなかった。

権六は、またしても小馬鹿にしたように笑った。

「酒好きのお前ぇが、好きな酒も飲めねぇンじゃあ、辛くてしょうがあるめぇ」

「仕方がねぇべよ」

五助は舌打ちして、不貞腐れた顔をした。

「山焼けの灰が田圃に入っちまったしな。それに嫁ももらっただよ。嫁を食わしていかなくちゃならねぇ。酒なんか飲んでいられねぇべ」

五助の家の田畑は狭い。

「それで、オラをどこさ連れて行こうってんだ」

権六はニヤリと笑った。

「賭場だよ」

「賭場ァ？」

五助はますます困惑した。

「オラぁ、銭なんか持ってねぇ！　賭け事なんかできねぇぞ」

「なにもお前ぇに賭け事をやれとは言ってねぇ」

「じゃあ、なんでオラを賭場さ連れて行くんだ」

「美味い酒を飲ましてくれるからだよ。賭場じゃあ、親分さんが振る舞い酒をしてくれるんだ」

それを聞いて、五助は少しばかりその気になった。酒飲みとは意地汚いものである。

「悪四郎親分の賭場か」

村の知人の何人かが悪四郎の賭場に通っていた。真面目な五助は快く思っていなかったが、悪四郎が池の底浚いをしてくれると聞いたので、少しは心証が良くなっている。

「悪四郎親分の賭場に、礼を言いに行くのも、悪くはねぇな」

「それは違うぜ」

権六が否定した。

「オラたちが行くのは、あんなケチな賭場じゃねぇ。富岡や高崎の旦那衆が景気よく張っている賭場だ」

権六は土手を駆け下りた。その先には川があり、渡し場がある。渡し場には火の入った提灯《ちょうちん》がぶら下げられていた。桟橋には舟も着けられていた。

五助は（変だな）と思った。石田村の渡し場に、夜舟が泊まっていることなど、いまだかつて一度もなかったからだ。

「おうい、辰之助どん」

権六が声を掛けると、舟底から一人の男がムックリと起き上がった。

「権六どん。客人を連れてきてくれたのか」

舟の男が親しげに言う。権六も親しげに言葉を返した。

「おう。コイツは五助ってんだ。よろしく頼むぜ」

「あいよ。それじゃあ五助どん。足元に気をつけてお乗りなせぇ」

やけに馴れ馴れしい物言いだが、見ればその男は、自分たちと似たような年格好だ。権六が舟に乗る。ここで躊躇《ちゆうちよ》したら臆病だと笑われると思って、五助も舟に乗り込んだ。

「それじゃあ、船を出しやすぜ」

辰之助と呼ばれた男がもやい綱を解いて、棹を握り、桟橋を突いた。小舟がグラリと揺れて、川の流れに乗った。

それからどこへ連れて行かれたのか、村の境から外へは滅多に出たことのない五助にはわからない。夜の闇で山も見えないので、進んでいる方角すらわからなかった。

やがて舟は、何艘もの舟が繋がれた桟橋に着けられた。五助と権六は舟を降りた。

「こっちだ」

権六が河岸の石段を上がっていく。その先には、障子が内から明るく照らされた屋敷があった。

障子戸を開けて中に入ると、なま暖かい空気がムッと押し寄せてきた。閉め切られた屋敷の中に、いくつも火鉢が置かれているらしい。さらには酒と莨の臭いがした。男たちが夜中にもかかわらず大勢集まっている様子であった。

「さぁ、丁方ないか！　丁に張った！」

決まり文句が聞こえてくる。権六は草鞋を脱いで上がろうとした。すかさず博徒の若い者が、桶を勧めてきた。

「足を濯いでおくんなせぇ」

「おう」と答えて権六が桶に足を突っ込んだ。土埃を洗い流して雑巾で拭った。続いて足を小桶に入れた五助は、

「おっ」

と声を上げてしまった。

「湯じゃねぇか」

冷たい水だとばかり思っていたのに、桶には湯が入っていたのだ。

「驚いたかい」

権六がまたしても、見下したように笑った。

「賭場にとっちゃあ、オラたちは、大事な客だからな」

そう言って座敷の奥に入っていく。

（客と言われても、オラは銭なんか持ってねぇ）

とんでもねえ所に連れてこられたと思ったけれども、一人では帰れない。仕方なく、雑巾で足を拭って、権六の後を追いかけた。

「丁方ないか！　さぁ、丁に張った！」

賭場は眩《まばゆ》いばかりの明かりに包まれていた。天井からは〝八間《はちけん》〟という行灯が吊るされている。八間四方を照らすほどに明るいことからそう名付けられた照明器具だ。

さらには百匁蠟燭《ひゃくめろうそく》まで、部屋のあちこちに立てられていた。

綿入れのどてらを着けた男たちが十四、五名、血走った目で盆茣蓙《ぼんござ》を睨みつけている。

盆茣蓙とは、茣蓙に白い布を敷いたもので、その周囲に客が陣取って賭けをする。正面には中盆《なかぼん》と呼ばれる博徒と、壺《つぼ》振りが陣取っていた。

座敷の奥には長火鉢が置かれて、貸元と呼ばれる博徒の親玉が睨みを利かせている。その横には法被を着けた厳めしい顔つきの男がいて、チビチビと盃の酒を舐《な》めていた。

その男が権六に気づいて笑顔を見せた。

「ああ権六さん。ようこそおいでなすった」

五助は驚いた。権六は、博徒にさんづけで挨拶をしてもらうほどの〝良い顔〟なのか。

権六はさも馴れきった様子で、長火鉢に歩み寄っていく。

「へへっ、今夜も遊びに寄らせてもらいやしたよ」

口調まで、なにやら一端《いっぱし》の博徒気取りだ。

男は権六と五助の顔を交互に見た。

「村のお百姓を連れてきて下さったんですね」

「おう。約束通りだ。オラの幼馴染みで五助っていうだよ」

男は五助にも笑顔を向けた。

「ようこそ五助さん」

五助は「あっ」と叫んだ。

「お前ぇさん、どっかで見た顔だと思ったら、江戸の公事宿の……」

「おや、さすがに目端が利いていなさる。よく見覚えですなぁ」

今、石田村は公事の問題で上から下まで大騒ぎになっている。村人たちはみな、乗り込んできた公事師の一行に不安な眼差《まなざ》しを向けていたのだ。

「いかにも江戸の公事宿の下代で、菊蔵ってもんでございますさぁ」

菊蔵は笑顔で名乗ったが、五助は笑顔を返す気にはなれなかった。

（オラの女房を菓子なんかで誑かしやがって）

おりきが養蚕をやりたいと言い出したので、きつく叱りつけた。おりきはへそを曲げてしまって、夫婦仲は最悪だ。

（それもこれもこいつらのせいだ）

そう思ったのだが、ここはヤクザ者の巣だ。強面の菊蔵を難詰する勇気はない。

菊蔵は長火鉢の前の貸元に何事か囁いた。貸元は「おう」と答えて、駒を一摑み、手許の木箱から取り出して菊蔵に手渡した。

菊蔵はにこやかな笑顔で、その駒を権六の手に握らせた。

「頼みましたぜ、権六さん。あんたの博才で、二倍にも、三倍にも、増やしてやっておくんなせぇ」

「おう、任せとけ。五助にも駒を頼むぜ」

「もちろんだ」

菊蔵は貸元に頼んで、五助の分の駒まで融通してもらった。

「どうぞ、五助さん。ゆっくり遊んでいっておくんなさい」

駒を差し出された五助は、どうしたものかと戸惑った。

「オラは銭なんか持っていねぇ」

「心配ぇいらねぇ」

横から権六が手を伸ばして駒を受け取り、五助にグイッと押しつけた。

「博打に勝ちゃあいいんだ。オラの言う通りに張ってればいい」

「だども……」

「もしも負けたって、それっぱかしの駒、オラの昨日までの勝ち分で払ってやるから心配ぇすんな」

「お前ぇ、そんなに勝ってるのか」

「おうよ。ここ三日で八百文は稼いだぜ」

「は、八百……」

五助にとっては目の回りそうな大金であった。

五助は権六に促されて、盆茣蓙の端に座った。途端に中盆と壺振りが、

「いらっしぇやし、お客人！」

野太い声で挨拶を寄越してきた。本百姓とはいえ、貧しい五助に挨拶を寄越す者は少ない。こちらから挨拶しても無視されるほどだ。

権六は馴れきった様子で、五助の横に腰を下ろした。

「まずは〝見《けん》〟をさせてもらおうか」

「へい、ご存分にご検分くだせぇ」

五助には意味不明な言葉を交わす。

権六は五助を肘《ひじ》でつついた。

「まずは博打の流れを見るんだ。それを見っていうのさ。派手に負けてる野郎を見定めたら、そいつの向こうを張って鴨《かも》にする。これが博打に勝つ秘訣だぜ」

他の者たちには聞こえぬ小声で囁いた。

促されて五助は盆茣蓙を囲んだ男たちに目を向けた。

「……みんな、いいところの旦那衆みてぇだな」

着ている物も立派だし、温かそうな綿が入っている。腰からは莨入れを下げ、口に煙管を咥えた者もいた。

五助のように泥染みた古物を着ている者はいない。着物の裾から脛を出しているのも五助一人だ。

「旦那衆と一緒の座敷に座るわけにはいかねぇよ」

腰を上げようとすると、その肩を権六に押さえられた。

「なに言ってるだ。あいつらはみんな、オラやお前ぇと同《おんな》じ百姓だ」

「えっ」

なに言ってるだ、と言いたいのはこっちである。

「百姓っていっても、名主様や乙名さんたちだろう」

「違ぇよ。ただの本百姓だ。あいつらはな……」

権六は鋭い目を百姓たちに向ける。

「富岡や高崎の百姓たちだ。羽振りが良いのは、蚕でしこたま儲けていやがるからだ。地所はオラやお前ぇとたいした違いはねぇ」

「なんだって……」

五助は茫然として、養蚕農家の百姓たちを見た。彼らは手許に駒を山と積んで、大きく博打を張っている。金を持っていると、百姓でもこんなに立派に、偉そうに見えるものなのか。

「さぁ、そろそろ張るぜ。向こうから三人目が博打下手だ。中盆さんはあの野郎から駒を毟《むし》り取ろうとしているみてぇだ。だったらその逆を張ればいいのさ」

その男が「半！」と駒を揃えて置いた。すかさず権六が「丁！」と答えて駒を置く。五助も恐々と、駒を二枚ほど置いて「丁」と囁いた。


博打で勝って手に入れた五十文ばかりを懐に入れ、辰之助に舟で送ってもらって、五助と権六は石田村に戻った。

「どうでぇ、面白《おもしれ》ぇもんだろう」

権六は振る舞い酒にすっかり酔っているようだ。五助も少しは飲んだけれども、とてものこと、酔ってはいられぬ気分であった。

「だども……、あの百姓、あんなに負けちまって大丈夫《でぇじょうぶ》なんだろうか」

鴨にされた百姓は、この一晩で五百文は負けたようだ。五助であったら一家心中を考えなければならない金額だ。

ところが権六は、軽薄にあざ笑っている。

「なぁに、たいしたことじゃねぇ」

「たいしたことじゃねぇだと？」

「おうよ。富岡や高崎のお百姓たちにとっちゃあ、こんな博打は手慰みよ。ほんの小遣い銭で遊んでいやがるのさ」

五助はしばらく絶句してから、訊ねた。

「蚕を飼うってのは、そんなに儲かるんだべぇか」

「儲かるらしいな」

先達気取りだった権六も、急に切なそうな顔をした。

「あっちの百姓が蚕で儲けていやがるってのに、こっちはノッペイを耕して、萎《な》えた野菜を根腐れさせるばかりだべ」

「まったくだべ……」

五助は権六と別れて、自分の家に戻った。

建て付けの悪い戸を開けた時、大きな音を立ててしまった。

「あんた、どこさ行ってたんだ」

その音で目が覚めたのか、それともずっと心配で起きていたのか、おりきの声が闇の中から聞こえてきた。

五助は上り端に腰を下ろすと、草鞋の紐《ひも》を解き始めた。おりきは囲炉裏の埋火《うずみび》に藁《わら》をくべた。藁に火がついて家の中がほんの少しだけ明るくなった。

五助は懐から五十文が入った袋を出すと、床板の上に置いた。銭がジャラッと音をたてた。

「土産だべ」

おりきは膝で這《は》い寄ってきて、袋を手にし、驚いた顔をした。

「あんた、こんな大金、どうしたんだ」

「大金なんかじゃねぇ」

五助は吐き捨てた。少なくとも、富岡や高崎の百姓たちにとってはたいした額ではない。

「おりき、昨日の話だども……」

「蚕さ飼うって話だ。昨日は頭ごなしに叱りつけちまったが、あれからオラも考えた。やっぱり、蚕を飼ったほうが良いのかも知れねぇ」

「昨日の話？」

おりきは美味い菓子を食えるし、自分は旦那衆みたいな着物を着て、大きく駒を張ることができる。

勝ち取った駒を銭に換える時に、菊蔵に囁かれた言葉が脳裏に蘇《よみがえ》った。

「どうか、御詮議のお役人の前では、蚕を飼うのに賛成だと、言ってやっておくんなさい。そうすりゃあ石田村の百姓衆も、富岡や高崎の百姓衆みてぇに羽振りの良い暮らしができるんでさぁ」

きっとそうだ。そうに違ぇねぇ。

「オラぁ蚕を飼う。それに決めた」

きっぱりと断言すると、おりきが手を握りしめてきた。

「オラも頑張って芋虫を育てるだよ。一緒に江戸の菓子を食おうな」

「おう。いくらでも食え」

五助は真面目な顔で頷いた。

五

「どうやら、上手く事が運んでいるようね」

お甲は満足そうに頷いた。

名主の仁右衛門が用意してくれた寺の宿坊に座っている。正面には菊蔵が正座していた。

「へい。お嬢さんの策が大当たりでございまさぁ。女衆には美味い菓子を食わせ、男衆には博打の味を覚えさせる。どっちも銭がなくちゃあできねぇことだ。百姓衆は銭の欲しさに、蚕を飼う気になってきやがりやしたぜ」

お甲はちょっと不満そうな顔をした。

「菓子を食べさせる、までは合ってるけれど、博打を覚えさせるってのは、お前が立てた策じゃないか」

「あれ、そうでしたっけ。いやぁ、男衆に博打を覚えさせるなんてことは、あんまり褒められたことじゃねぇもんですから……」

「あたしに罪をなすり付けようってのかい」

「とんでもねぇ！　お嬢さんの手柄にして差し上げようと思っただけで」

「なにを言ってるのさ」

「どっちにしてもですな、池を埋めて桑畑にすることに心を寄せる百姓が急に増えたってんで、仁右衛門旦那も、大喜びでござんしたよ」

それはお甲も実感している。村の道で擦れ違う百姓たちも、愛想良く挨拶を寄越して、期待を込めた眼差しを向けてくるのだ。

（村に初めて乗り込んだ時には、知らん顔をされたもんだけどねぇ）

金の力は本当に偉大だ。

「なんにしてもですな。この村は土も良くねぇし、山が近いんで水も冷てぇ」

稲の原産地は熱帯地方なので、田圃の水温が低いと良く育たない。用水池にいったん水を溜めるのは、太陽熱で水を温める意味もある。

「稲を育てるにゃあ良くねぇ土地柄だ。百姓衆に蚕を勧めるのは、けっして間違っちゃいねぇんでさぁ」

お甲は頷いた。自分たちのやっていることが百姓衆のためにならないのであれば心も咎めるが（たとえそれでも公事を受けたなら、黒を白と言いくるめるのが公事師の仕事なのだけれども）、百姓衆のためになることをしているのなら、なにも悩ましいことはない。

目的は菓子の美味でも博打の面白さでもなんでもいい。百姓たちは将来が明るいことを確信し、生きる張り合いを持ち始めたのだ。

（これなら養蚕も上手く行きそう）

慣れぬ養蚕作業だから、最初は戸惑いや失敗もあるであろう。だが村人は希望を失わず、困難を乗り越えていくのに違いなかった。

「この調子で味方を増やすよ」

菊蔵は「へい」と応えて頷いた。


「畜生め、いってぇどうなってるだよ」

太郎吉が憎々しげに吐き捨てた。

乙名の多吉の家に集まるように、と、皆に声を掛けてあったのに、実際に集まったのはほんの十人ほどだ。しかもほとんどが白髪頭の年寄りばかり。若い者の姿は二人しか見当たらない。

そのうちの一人、貫助という男の横に屈み込んで、その肩を叩いた。

「おう貫助、お前ぇは池を潰すのに反対か。てぇしたもんだ。見直した！」

すると貫助は顔を伏せた。

「オラんところは、祖父様が、米作りはやめねぇって意地を張ってるから……」

太郎吉はカッと頭に血を昇らせた。

「なんだべ、その言いぐさは！　まるで祖父様さえいなくなれば田圃を潰して蚕を育ててもいい、って、言ってるように聞こえるべよ！」

「そ、そうは言っちゃいねぇ……」

貫助は首を横に振ったが、その顔は、言わないけれども腹の中ではそう思っている、というように見えた。

太郎吉は拳骨《げんこつ》の一つも食らわしてやろうかと思ったのだが、そんなことをして敵を増やしても仕方がない、と思い止《とど》まった。

餓鬼の頃なら拳骨一つで他人を思いのままにできたのだが、大人になってくるとそうもいかない。

太郎吉は腰を上げ、今度はもう一人の若い者――といっても三十近くだが――弥助に歩み寄った。

「やっぱり弥助どんは来てくれたか」

弥助は力なく頷いた。

弥助は、内心で溜息をつきながら、太郎吉を見上げた。

大兵肥満でいつでも怒ったような顔をしている。出来損ないの相撲人形のような顔つきだ。

太郎吉は弥助の横に大きな腰を下ろした。

「弥助どんとオラは一蓮托生《いちれんたくしょう》だ。これからも手を携えてゆくべぇ」

勝手に決めつけて、笑っている。

弥助はますます憂鬱になってきた。

弥助がここに来たのは太郎吉と力を合わせて戦うためではない。太郎吉の暴走を、どうにかして抑えなければならないと思ったからだ。

(この顔つきじゃあ、考え直した様子はねぇべなぁ)

どうでも公事師の妻を攫ってやろうと意気込んでいるのに違いなかった。

（そんな事をしでかしたら、太郎吉もオラも打ち首だァ。オラたちだけじゃねぇ。オラと太郎吉の親兄弟まで、牢屋に入れられちまうぞ）

重罪には必ず連座の刑が科せられる。

乙名の多吉が奥から出てきた。集まった面々に目を向けた。

弥助は、多吉がどんな顔をするであろうかと、その表情を窺ったが、多吉は別段、落胆したようでも、憤ったようでもなかった。ムッツリとした顔で、腰を下ろした。

「今夜はこれだけか。ずいぶんと寂しくなったもんだべな」

百姓たちも諦めきった表情で頭《こうべ》を垂れた。

多吉は一同を見渡した。

「こうなったら、もう、御代官所と仁右衛門様に従うしかなかんべぇな」

すると一人だけ元気な太郎吉が拳を振り上げて立ち上がった。

「オラは一人だって戦うべよ！」

大声を張り上げたが、応じる者はいない。多吉も疲れたような顔で太郎吉を見た。

「そうは言っても、お江戸の公事で池を埋めると決められちまったら、オラたちが何を言ったところでどうにもなるめぇ」

「江戸者にオラたちの生き方を勝手に決められてたまるもんかよ！」

「江戸者じゃあねぇ。江戸の御勘定奉行様だ。オラたちのご領主様だぞ。公事で決まったことに逆らったりしたら一揆と同じだ。お前ぇ、磔にされちまうぞ」

それを聞いていた弥助は（あっ、まずい！）と思った。太郎吉は、脅されると必ず、狂ったように反発する。子供の頃からそうだった。「早く寝ないと山からお化けが下りてくるぞ」などと言われると、お化け退治をするために、一晩中、意地でも起きていたような子供だったのだ。

案の定、太郎吉は怒りを込めて拳を握った。そのまま挨拶もなく、外に出て行こうとした。

「おい、どこへ行く」

多吉に問われた太郎吉は、戸口のところで振り返った。

「意気地のねぇ百姓と話をしたって仕方がねぇ！　宿の善四郎親分の所へ相談に行くだ！」

捨て台詞《ぜりふ》を残して、夜の闇の中に走り出て行った。

多吉は肩を落として溜息をついた。

「やれやれ。……まぁ、太郎吉も大人だ。無茶はしねぇだろうが」

そうじゃないから心配なのだ。

いっそのこと、ここで太郎吉の悪巧みを多吉に暴露してしまおうか、とも、思ったのだが、

(やっぱり、おっかねぇ……)

どうしてすぐに知らせなかった、と、多吉に叱られるであろうし、太郎吉の仕返しも恐ろしい。太郎吉は執念深い男だ。弥助が死ぬまで嫌がらせを続けるに違いない。

(太郎吉が諦めてくれるのを待つしかねぇ……)

そんな日が来るのかどうかはわからないが、それに期待するしかなかった。

結局その夜はたいした話し合いもできなかった。集まっているのは変化を嫌う老人と、変化を嫌う老人を説得できない若者だけだ。先行きの展望を失った者たちばかりである。

弥助は表に出ると、一人でトボトボと家路をたどった。

(今夜は月が綺麗だなぁ)

ほぼ満月に近い。明るい月光が中天から降り注いでいる。池の水面で反射した光が、辺りを仄《ほの》かに照らしていた。

「弥助さん」

ふいに声を掛けられて、弥助はビックリして立ち止まった。

「ど、どなたさんだんべ……?」

周囲に目を凝らすが、人の姿はない。

月光は明るい。村中を昼間のように照らしている。

「誰もいねぇ」

空耳か。しかし確かに若い娘の声だった。

(狐に化かされたんだべか)

急いで眉に唾をつける。狐は人を化かす時に、その人の眉毛の本数を数えるとされていた。眉毛の本数を数えきられたら負けだ。数えられないように眉毛を唾で濡らすと良いとされていたのだ。〝眉に唾する〟の語源である。

ところがその工夫の甲斐もなく、またも弥助は名を呼ばれた。

「誰だ！」

震え声を張り上げる。すると、近くの草むらから、「シィッ」と叱声《しっせい》がかかった。

「あたしです、弥助さん」

草むらの中から一人の娘が立ち上がった。弥助は「あっ」と叫んだ。

月明かりでもはっきりとわかる白い肌。

「名主屋敷の、お仙様じゃあございませんか」

慌てて駆け寄ろうとして、

「いや待て、狐が化けているのかもしれねぇ」

と、思い止まった。

お仙は急いで首を横に振った。

「いいえ、あたしです。狐じゃありません。弥助さんは名主屋敷に訪ねてくる時はいつも、アケビを持ってきてくれました。そのアケビの生えているところを知っているのは弥助さんだけで、このあたしにも教えられないって、言ってましたよね」

「ああ、本当のお仙様だ！」

弥助は納得、安堵して、お仙の許に歩み寄った。

「村にお帰りだったのですけ。いってぇどこさお姿をお隠しになったのかと、村人一同、案じておったのですよ」

「心配をかけて御免なさい。思うところがあって身を隠していたの。この村にいたらあたしまで、おとっつぁんやおっかさんのようになってしまう気がして……」

「そうかもわからねぇ。村を出たのは良いご思案だったべ」

お仙は弥助の手を引いた。

「こっちへ来て。月の光が明るすぎる。誰かに見られたら困る」

「へい」

二人は木立の下の暗がりに隠れた。お仙は弥助に質した。

「池は、埋められてしまうのね」

弥助はガックリとうなだれた。

「面目次第もねぇ。何代も前の名主様が、つまりお仙様のご先祖様が、ご苦心さなって造った池だってのに、そのご恩も忘れて……」

「埋めることになったのね」

「まだ埋めると決まったわけじゃあねぇですが、公事になったら勝ち目はねぇです。村の者《もん》はみんな、仁右衛門様と、江戸の公事師に丸め込まれて、すっかり蚕に心を奪われているんでございまさぁ」

お仙は首を何度も横に振った。

「池は、絶対に埋めさせない。底浚いをしないと……」

「へい。仰る通りで」

弥助は、養蚕に切り換えた方が良いのか、それとも稲作を続けた方が良いのか、実はよくわかっていない。しかしとりあえず、この場はお仙に賛同した。百姓の生き方とはそういうものだ。

するとお仙は、思わぬことを言い出した。

「弥助さん、力を貸して！」

「へい？」

お仙は真剣な眼差しを向けてくる。

「江戸の公事師さんが、善四郎親分の所に身を寄せているの。善四郎親分と公事師さんのお力を借りて、池の埋め立てを止めなければならない。それには村の人たちの力がいる！　お願い！　手を貸してちょうだい！」

弥助は「えっ、えっ？」と呟きながら、視線を泳がせるばかりだ。

（江戸の公事師が、もう一人、村に入り込んでいなさるのかよ）

諍いを飯の種にしている連中だとは知っているが、どこまでも図々しい、と感じた。

（いってぇどんだけオラたちの村をひっかきまわしたら気が済むんだべ）

しかし弥助には、お仙の頼みを断る意気地もないのである。

（しかたねぇ……。話を聞くだけ、聞いてみるかよ）

話を聞いたら引き返すことはできなくなる。それはわかっていたけれども、どうにもならない。

代官所の権力を背景にした名主屋敷と、公事師との喧嘩に巻き込まれたら、渓流に落ちた木の葉のように、流れに巻かれて揉みくちゃにされるしかない。それが百姓なのだ。

弥助にはそういう自覚があった。

第五章　用水池の主

一

「こんな所に身を隠していなさったんだべぇか」

弥助は、いたわしそうにお仙を見た。

隣村の宿にある旅籠の二階座敷。破れた障子から寒風が吹き込んでくる。

「善四郎親分の計らいでね……。みんなには、あたしがここにいるって、言っては駄目よ」

「言われるまでもねぇこってす」

弥助は座敷の隅に正座している。恐る恐る、チラチラと、上目づかいにお仙を見た。

「村をお逃げなさってから、いってぇ、どこで何をなさっておられたんだべ」

まさか、飯盛女などに身を落としていたわけではあるまいな、と心配した。飯盛女とは隠語で、旅籠で春を売る遊女のことだ。

「名主の仁右衛門様も、事あるごとにお仙様のことを案じておられますだ。そろそろお屋敷に戻ったらいかがでございましょう」

お仙は首を横に振った。

「屋敷には、戻れない」

何を言いきかせても、聞き分けそうにない顔つきだ。

「村は、今、どうなっているの。みんな、池を埋め立てるつもりでいるの」

お仙に問われた弥助は、村の状況について、正直に語って聞かせた。

「……という次第で、みんなすっかり、蚕を育てる気になっているんでさぁ」

弥助は苦渋に満ちた顔を伏せた。

「あの池は、お仙様のご先祖様がお造りになったもんだ。それを埋めちまうなんて、お仙様はさぞお怒りでござぇましょう……」

お仙は首を横に振った。

「村のみんなが決めたことなら、仕方がない」

「へぇ」

「だけど、池は埋めさせない」

何を言っているのか良くわからないが、この年頃の娘が（中年男の目で見て）支離滅裂なことを主張するのは珍しくもない、というか、ごく当たり前のことなので、弥助は異論は唱えなかった。

お仙は何かにとり憑《つ》かれたかのような、真剣な顔つきで身を乗り出してきた。

「村のみんなを止めなくては。弥助、あたしに力を貸してちょうだい」

「へい。そりゃあまぁ……お仙様のお父様の久左衛門様にゃあ、村の者《もん》一同、たいへんな世話になりやしたから……」

「仁右衛門叔父を止めるのよ」

「だども、どうやって……？　仁右衛門様は名主様だ。御代官所の淵上様もついていなさる」

お仙は唇を噛んで俯いた。

「それは、善四郎親分と江戸の公事師さんが智慧を貸してくれる」

「はぁ」

宿の博徒と公事師。どちらも百姓にとっては好ましい相手とは言えない。

（いってぇ、村はどうなっちまうんだべか……）

弥助は首を左右に振った。

「さすがはお甲ちゃんですねぇ。あっと言う間に村の人たちを籠絡《ろうらく》なさいましたよ」

「褒めてる場合かよ」

いかさま師と、向こう傷ノ伝兵衛は、博徒の善四郎の家の二階に潜んでいた。夜だというのに、階下からは喧《やかま》しい男たちの声が聞こえてくる。博打好きたちが鉄火場に集まっているのに違いない。

善四郎は表向きには、旅籠と一膳飯屋を営んでいる——ということになっている。いかさま師たちは旅籠の客という態《てい》で、長逗留《とうりゅう》を決め込んでいたのだ。

夜風が窓の障子をガタガタと揺らした。隙間風が吹き抜けほうだいだ。

伝兵衛は部屋の隅で何やらガサゴソとやっている。振り分け荷物の行李《こうり》を開けて、手荷物を纏めているようであった。

「何をなさっておられるのですかね」

いかさま師が訊ねると、伝兵衛は肩ごしに振り返って、憎々しげな目を向けてきた。

「江戸に戻る支度をしてるに決まってるじゃねぇか。こんな田舎でのたくっていたって、良い事なんか、なんにもありゃあしねぇよ」

「おや。左様ですかね」

「百姓どもが池を潰すことを承服しちまったんじゃ仕方がねぇ。公事を引っかき回して百姓どもや悪四郎から礼金をせしめてやろうと思っていたが、その話もこれまでだぃ」

「伝兵衛親分が持ち込んできた仕事でしょうに、放り出しておしまいになるのですかい」

「なにを抜かす」

伝兵衛は行李の蓋を閉めて紐《ひも》で縛った。

「こんな時化《しけ》た宿じゃあ、銭になりそうな仕事はねぇ。俺は尻を捲《ま》くるぜ」

そこへ足音が近づいてきて、障子が開けられた。善四郎が顔をのぞかせた。

「お客人。明日の朝、お発ちになると聞きやしたが」

　伝兵衛は頷いた。

「一宿一飯の恩義に応えられねぇで申し訳ねぇが、こうなっちまったら、俺たちにゃあ、やることたぁねぇからな」

　善四郎が座るのを待って、いかさま師が訊ねた。

「それで、親分さんはどうなさるおつもりですね。やっぱり私財を投じて、池の底浚いをなさるおつもりですかね」

　善四郎は博徒にしては落ち着きのある男で、表情はいつも暗く沈んでいる。低い乾いた声音で答えた。

「百姓衆の難儀を見かねて、一肌脱ぐつもりになりやしたが、百姓衆が、もう池は要らねぇって言うのなら、あっしがとやかく口出しすることはござんせん」

　いかさま師はニヤニヤと笑った。本人に悪気はないのかもしれないが、癇に障る笑顔だ。

「確かにね、養蚕に精を出した方が、この村にとっては幸せだ。きっと皆さん、豊かになりますよ」

「そうですかえ」

「養蚕は女の仕事だ。男衆は働かなくても銭が入ってくるようになりますからね。みんな昼日中から酒と博打で暇つぶしをなさるって寸法でして。親分さんの賭場にも、銭がたくさん落ちてきますよ」

善四郎の代わりに伝兵衛が「ふん」と鼻を鳴らした。

「まったくな、八方丸く治まって結構な話だ。名主の仁右衛門、様様だな」

「ところがねぇ、それじゃぁ、あたしたちが食い上げなんですよね」

いかさま師はにこやかに笑った。困惑した時も笑顔になるらしい。

「お甲ちゃんは、やりすぎた」

「なにをだ」

「ええと、まぁ、こっちのこと」

いかさま師は善四郎に顔を向けた。

「ところで親分さん。村の百姓衆のために身銭を切ろうっていう、その有り難いお志しは、今も変わりはございませんかね」

「言うまでもねぇこってす。あっしのようなヤクザ者が村に縄張りを構えていられるのも、村の衆があっしを頼りとしてくれているからだ」

役人や捕り方が来た時には、村人が庇《かば》ったり報《しら》せたりしてくれる。地元の住人に慕われていないヤクザ者はすぐに干されてしまうのだ。

「そいつぁ好都合です。それじゃあ親分さんの懐をあてにさせていただきやすよ」

「あっしの銭で何をなさろうってんですか」

「ええと、人助け、ですかねぇ？　柄にもないことですけれど」

いかさま師は腰を上げた。

「おい、どこへ行く気だ」

伝兵衛が質す。

「ちょっと、憚りに」

いい加減に答えると、いかさま師は部屋を抜け出した。

「なんでぇあの野郎。思わせぶりな物言いをしやがって」

伝兵衛は舌打ちした。

「あんな物言いをされちまったんじゃあ、江戸に戻る気になれねぇじゃねぇか」

お甲は目を覚ました。

「……？」

目を開けると煤けた天井が見えた。

お甲たちは村の氏寺の離れ座敷に寝泊まりしている。

寺は本来、女人禁制なので、宿坊に泊まることは許されない。しかしこの村には尼寺がないので、来客用の離れをあてがわれていたのだ。

戸外や廊下では、卍屋の若い者たちが寝ずの番をしているはずだ。公事師には敵が多いので、油断はしていない。

お甲は夜具をかぶったまま、周囲の闇に目を向けた。

どうして自分がふいに目を覚ましたのか、その理由がわからない。夢現《ゆめうつつ》のうちに、なにやら違和感を感じたようなのだが――。

その時お甲は、すぐ近くに、何者かの気配を感じ取った。

（座敷の中に、誰かいる……！）

反射的に枕元の鉄扇を握った。扇に似せた鉄の延べ板の隠し武器だ。お甲は小太《こだ》刀《ち》の名手でもある。鉄扇一本があれば身を護《まも》ることができた。

「おっと、騒がないでおくんなさいよ」

どこからともなく声が聞こえてきた。

「危害を加えるつもりはないんですからね」

お甲はハッとした。この、人を食ったような物言いには聞き覚えがある。

「あなたは――」

「あい。三代目甲太夫の片割れ。甲太夫の姿形《すがたかたち》にございます」

お甲は油断なく上体を起こした。

「どうしてここに――」

「おっと、大きな声は出さないでもらいたいですね。廊下で気持ちよく居眠りなさってておられる若い衆が目を覚ましてしまいますから。目を覚まされたら面倒だ」

「面倒事に備えるために、寝ずの番をさせているのよ」

「あたしは喧嘩が苦手でございましてねぇ」

お甲は闇に目を凝らしたが、やはりどこにも、男の姿は見当たらない。

（いったい、何をしに現われたの）

姿は現わさないが、何事か用件があって、忍んできたのであろう。お甲は女人ながら公事師を志した者だ。度胸は据わっている。若い者を呼ぶ気になればいつでも呼べる。今は、この男の魂胆を確かめるべきだと思案した。

「それで、なんの用」

廊下の若い者に聞こえぬように小声で囁いた。

闇の中から返事があった。

「卍屋のお甲ちゃんにしては手抜かりだ。ちっとばかし困ったことになってるんじゃないかと思いましてね、忠告をしに参じた次第でしてね」

「困ったこと？　あたしが？」

「あなたがっていうか、卍屋さんが」

闇の中で男が笑った気配がした。

「なにしろ卍屋甲太夫の三代目はあたしってことになっていますのでねぇ。ちっとばかし心配になってきたのですよ」

お甲は不快極まりない思いであったのだが、相手を怒らせて自制心を失わせるのは公事師の常套手段だ。いかさま師も同じ手を使っているとすぐに見抜いた。そんな手には乗るものかと、おのれに言いきかせた。

「あたしがいつ、手抜かりを犯したというの？」

「村の人たちを味方につけすぎた、ってことですよ」

「味方につけすぎた？」

「さすがは卍屋のお甲ちゃん。三代目甲太夫の智慧と魂はお甲ちゃんのものだ。ですがね、あまりにも手抜かりがなさ過ぎて、村中が総出で池を埋め立てるつもりになっていなさる。公事の相手になるはずだった宿の善四郎親分も、この件からは手を引くおつもりですぜ。そうなったら、肝心の公事はどうなります？」

お甲は眉根をしかめた。

「公事が取りやめになって、卍屋には金が入ってこなくなると言いたいの？」

それはお甲も感じていないでもなかった。百姓たちは日和見主義の権化のようなもので、情勢がどちらかに傾いたと見れば、我も我もと雪崩《なだれ》をうったように動く。

「まさかとは思いますがね、百姓衆が幸せになるのなら、それで本望だ――なんて思ってやしないでしょうね？」

声には揶揄《やゆ》する響きがあった。無私の精神は尊いが、お甲には下代たちを食わせていかなければならない務めがあるはずだ。

（じゃあ、どうすればいいの）

この男に聞くわけにはいかない。お甲は黙り込んだ。辛抱強く、相手の出方を待つ。

闇の中から声がした。

「池を埋めるのに反対のお人たちを、あと少し、増やしたら良いんじゃございませんかね」

どうやって。と、問い質すわけにはいかない。相手の手の内にのせられる。

しばらくの無言の後で、男の声がした。

「そっちの手筈《てはず》はこちらでやります。公事が釣り合うようにいたしましょう」

お甲は闇の中で目を剝いた。いったいこの男は何をするつもりなのか。こちらの公事の邪魔をする気か。

「これから村で起こることは、なにもかもが手前の差し金。それだけを心得ておいてもらいたいんです。手前の邪魔は、してほしくないのでね」

邪魔をしてほしくない――それはこっちの台詞だ。

「いったい何をするつもりなの」

ついに堪《たま》りかねて訊ねた。男はまたも笑ったようだ。

「それはおいおいと、わかります」

思わせぶりな仄めかしをする。公事師でもあるまいに――。

お甲は口惜しさに歯噛みした。

男の気配が、闇に溶けるように消えていく。と、思ったら、

「ああ、それから」

と言いながら戻ってきた。

「なに？」

「あの用水池ですがね、あの池を埋め立てるのは、ちょっとばかり、まずいのかも知れませんよ」

「どういうわけで？」

その時、

「ご名代」

廊下の障子の向こうで声がした。

「誰かとお話しですかい？」

寝ずの番をしていた若い者が、居眠りから覚めたようだ。
お甲は、(肝心のところで邪魔をして)と、苦々しく思いながらも、
「なんでもない。ただの寝言さ」
そう言って誤魔化した。
謎の男の気配はすでにどこにもない。本当に去ったようだ。
(いったい何をするつもりなのだろう)
相手の魂胆がわからないのでは予測の立てようもない。
(あいつの言う通り、これから村で起こる出来事を見守るしかないか……)
そのうえで思案を巡らせれば、何事か、腹の内が読めてくるかも知れない。
お甲は布団に横たわった。
だが、頭が冴えてしまって、結局朝までまんじりともできなかったのであった。

二

二日後の夕方、善四郎の店に一人の老婆が入ってきた。その異様な風体に、善四

郎の子分が「うおっ？」と声をあげた。

　伸び放題の白髪を振り乱し、手には泥だらけの杖を握っている。この寒さの中、薄い帷子を着て、その上に袖無しの羽織を着けていた。襟《えり》はだらしなくはだけて、薄い皮膚に浮いた肋骨《ろっこつ》と、萎びて垂れた乳房を半分見せつけている。足には脚絆と草鞋履き。奪衣婆《だつえば》（三途《さんず》の川で亡者を待ち構えて、着物を剝ぎ取る鬼）を連想させる不気味な姿であったのだ。

　老婆は、入ってくるなり、不躾《ぶしつけ》に店中を見回した。ヤクザ者を見ても恐れた様子はない。

「ここに、あの極道者がいるだろう」

　子分たちは呆気にとられている。帳場に座っていた一ノ子分が立ち上がり、老婆に歩み寄って腰を屈めた。

「誰のことだい」

　老婆は「カーッ！」と喉を鳴らして激怒した。

「誰に向かってそんな口を利いておる！　礼儀を直せ！」

　気合負けというのであろうか、一ノ子分は咄嗟に「へっ」と頭を下げた。なにやら良くわからないが、どこかの大親分の母親か何かなのかも知れない。

とはいえ、いったいどのように遇したら良いものやら、わからない。子分一同で困惑しきっていると、

「ああ、お兼《かね》さん」

階段を下りてきたいかさま師が笑顔を向けてきた。

「やっぱりいたか。このろくでなしめ！」

お兼――と呼ばれた老婆は、二、三本しか残っていない歯を剝き出しにした。

「またぞろ何を企んでいやがる、このッ、騙り者めが」

一ノ子分は、お兼といかさま師を交互に見た。

「お客人、お客人の知り人ですかえ？」

どう見ても険悪な仲であるようだが。

「ええ、まぁ。あたしが呼んだんです」

いかさま師はいたってにこやかに手招きした。

「お兼さん、そこじゃあなんですから、上がっておくんなさいよ。つもる話は二階でしましょう」

そう言うと階段を上って行ってしまった。

「おう。そんなら上がってやろうじゃないか」

お兼は店の板敷きに上がろうとした。子分たちが慌てた。

「婆さん、草鞋！」

なんとお兼は草鞋履きのまま帳場に上がろうとしたのだ。

一ノ子分は若い者を指図して桶を持ってこさせた。お兼は無視して上がろうとして、大柄な子分に後ろからはがい締めにされた。

「ええい、放せ！　この罰当たりめぇ！」

お兼は短い足をジタバタさせて暴れる。草鞋を脱がそうとした若い者が、顔を蹴られてひっくり返った。

大騒動を耳にしたのか、いかさま師が階段を中程まで下りてきた。

「そのお人は〝神憑き〟ですから、扱いにはお気をつけて」

そう言うと、また、階段を上って行ってしまう。

「神憑きだぁ？　また面倒な者を連れて来やがって」

平安時代で言うところの依巫《よりまし》だ。神を憑依《ひょうい》させて御託宣を告げる巫女《みこ》である。平安時代なら、高貴な身分（少なくとも貴族の屋敷に入れる程度には）の宗教者だが、どう見ても、拝み屋にしか見えない見すぼらしさだ。

それでも神様が憑いているのなら、蹴られようとも罵られようとも、殴り返すわけにもいかない。しかし、

「こんな婆ぁを丁重に扱えるもんかよ」

一ノ子分は、お兼と弟分たちによる騒動を横目で見ながら吐き捨てた。

権六はほろ酔い加減で夜道を歩いていた。

「博打ってやつは面白ぇなぁ」

権六は昨日、初めて負けた。菊蔵に借りた駒を巻き上げられただけではなく、自分の銭で換えた駒まで取られてしまった。どうやら富岡や高崎の連中に、示し合わされてしまったらしい。

丁半博打は駒が同数になって初めて壺が開けられる。丁半のどちらかに駒が偏っている場合、中盆は素早く賭け率を計算して、「二分まける」とか「三分まける」などと提案する。「負けても張った駒の二割か三割は返還するから、駒の少ない方

に賭けてくれ」と頼むのだ。

博打上手はこの制度を熟知していて、大きく勝って少なく負ける。本来勝敗は五分のはずなのに、勝つ者と負ける者がでるのはこのためだ。

権六はどうやら、博打上手の百姓にハメられて、大きく負けて少なく勝つことを強いられてしまっていたらしい。

頭にカッと血が昇り、目の前まで真っ赤に染まった心地で、「こん畜生！」と思いながら、なおさら賭けた。負けを取り返そうとして大きく駒を張った。すると案の定、「二分まける」の声がかかって、権六の駒はみんなに分配されることとなったのだ。

昨夜、権六は朝まで一睡もできなかった。どうやって仕返ししてやろうかと、それぱっかりを考えた。目の前に壺とサイコロの幻影が浮かぶほどであった。

そして今夜、賭場に乗り込んだ権六は、少しだけ、負けを取り返した。そして有頂天になった。

「やっぱりオラには博才があるべぇ！」

昨夜の負けと均《なら》して考えれば、まだまだ負けが込んでいるのだが、不思議なことに昨夜の負け分はスッカラカンと頭の中から消えていた。今日の勝ちで十分以上に取り戻した気になっていた。

振る舞い酒も豪気に飲んだ。帰りの舟で揺られているうちに酔いが回ってきたらしい。足元がおぼつかなくなってきた。

夜風がなにやら、なま暖かく感じられる。

「そろそろ春かよ」

苗代に種籾《たねもみ》を蒔《ま》いて、苗を育てなければならない——と、一瞬考えて、すぐに笑い飛ばした。

「今年は田植えなんかしなくたっていいんだ」

桑を育てて蚕を飼う。そして、富岡や高崎の百姓衆みたいな金持ちになるのだ。

用水池の堤に沿って歩いていた、その時であった。

「権六……」

誰かに名を呼ばれた。

「誰でいっ」

酒の力も手伝って、権六は大声を張り上げた。

しかし返事はない。権六はその場で油断なく身構えて、闇に耳を澄まし続けた。池の堤に生えた枯れ草が、夜風に吹かれてザワザワと音を立てている。池に流れ込む沢の水音が遠くに聞こえた。

「気のせいか」

権六はホッと息を吐いた。

「オラに銭を巻き上げられた野郎が、仕返しに来たかと思っただが」

権六は懐の銭袋を握りしめた。背中を丸めて歩きだす。その時またしても、

「権六……」

今度は、はっきりと聞こえた。

「誰でいっ！」

権六は震え声で叫んだ。

博徒の仕返しか。追剝《おいはぎ》か。それとも——、この世ならぬ者か。

その瞬間、闇の中にボンヤリと、青白い人影が浮かび上がった。

「ひいいっ！」

権六はその場にストンと尻餅をついた。腰を抜かしてしまったのだ。

その人影は、全身から青白い燐光《りんこう》を発していた。燐光はあまりにも弱々しくて、その面相はよく見えない。

痩せた身体に白い着物を一枚だけ着けている。しかもその着物には、墨で経文が書かれてあった。

（きょ、経帷子《きょうかたびら》だ……）

死人を棺桶に納める際に着せる特別な着物である。

（死人《しびと》だ……！　死人の幽霊だ！）

全身の毛が逆立った。尻の方から震えが湧き上がってきて、頭のてっぺんまで伝わった。

（なんだって幽霊がオラの前に現われたんだ！）

死人に恨まれるようなことは何もしていない。先祖の墓だって、ちゃんと掃除をしてある。

「権六……、おのれ……、恨めしい……」

死霊が訴えかけてくる。権六はますます怖じ気づいて尻餅をついたまま後退した。

「いっ、いってぇオラが何をしたって言うだ！」

叫んだつもりが、震え声にしかならない。死霊はフラフラと身を震わせながら、近づいてきた。

「権六……、百姓の本分も忘れ……、よくも池を……」

最後まで聞いてはいられない。権六は尻餅の身体をひっくり返すと、四つん這いの姿で逃げ出した。

「ひいいいッッ！　おたっ、お助けぇぇッ」

何度も前のめりに転がって、全身泥だらけになりながら近くの農家に辿《たど》り着き、戸をドンドンと叩いた。

「開けてくれッ！　幽霊だ！　開けてくれッ！」

戸の向こうで家の者が起き出した気配があったが、戸は開かない。権六は必死になって戸を叩いた。

「幽霊だ！　早く開けてくれッ！」

権六だと名乗ればまだしも、幽霊だと言われても、戸を開けることは憚られる。家の者たちは身を竦めているのに違いない。いつまでたっても、戸が開けられることはなかった。

三

権六が幽霊を見たという噂は、すぐに村中に広まった。権六自身が目を剝いて、満面に冷汗を流し、唾を飛ばして触れて回ったからである。

最初は、そんな馬鹿なと笑っていた者たちも、いないではなかった。

「臆病者が酒なんか飲むからだ。気の迷いで枯れ草を見間違えたのであろう」

などと権六の小心ぶりを嘲笑う者もいた。権六の怯えぶりが滑稽《こっけい》に見えたということもある。

ところが、その後も何人か、数日おきに、幽霊を目撃する者が現われ始めたのだ。

農村では、何が起ころうとも、まずは乙名の許に皆が集まる。

その日の昼過ぎ、乙名の多吉の屋敷に組下の百姓たちが二十人ほど集まってきた。用水池埋め立てに反対する集会ではけっして集まらない大人数である。広間の上座に座った多吉も、

「これだけの顔が揃ったのは久しぶりだべなぁ」

などと呟いたほどであった。

多吉が顔を出すやいなや、百姓たちは我先にと口を利き始めた。もちろん話題は幽霊に関する事柄ばかりだ。

「どこそこの小作が見た」だの「誰それのカカァが脅かされた」だの、先を競うように喋りだした。

目撃者たちが口を揃えて言うには、その幽霊は、全身から青白い燐光を放っていて、痩せて窶《やつ》れた面差し、経帷子を着けている――ということであった。

多吉は「ふぅむ」と唸った。

どう考えても、同じ幽霊を見たのだとしか思えない。しかもその幽霊は名を呼んで、目撃者を呼び止めてから姿を現わすようだ。村に関わりのある者の幽霊だとしか考えられなかった。

（しかし、今どき、そんな話があるのだべぇか）

子供の頃に年寄りから聞かされた昔話でもあるまいに、幽霊などというものがフラフラと徘徊《はいかい》しているとは思えない。

多吉は無学な男ではない。無学な者に村の乙名は務まらない。乙名に限らず本百姓だって、読み書きと算盤ぐらいはできる。できないと年貢を誤魔化されたり、行商人に騙されたりしてしまう。

江戸時代の村には、多くの手習い指南所（関西でいう寺子屋）が作られていた。先生を務めるのは学者になり損ねた浪人などだ。先生たちも競争である。子供の読み書きの他に、大人たちには蘭学《らんがく》や、古典文学を教えたりもする。娯楽の少ない時代には学問も娯楽であった。

蘭学の事始めは立証主義だ。田舎の農民たちは驚くほどに高度な文化に接していたのだ。「これを見ました」「これを聞きました」「見た」「聞いた」だけではまともに取り合わない。「これを見ました」「これを聞きました」と第三者に示すことができて初めて学問の対象となる。

（しかし……、これほどまでに多くの者が見たと言うのなら、あながち、気の迷いとも言い切れねぇべな……）

その正体はわからないが、何かが村内を徘徊していると考えるしかなさそうだ。

村人たちは目を血走らせ、口から唾を飛ばして、喧々囂々《けんけんごうごう》、幽霊について語り合っている。ほとんど騒音のような喧しさなのだが、多吉は辛抱強く、村人たちの話を聞き取った。

その幽霊は、用水池の堤の近くに現われるらしい。

（やっぱり、用水池がらみか……）

池の埋め立て問題は、どこまでも根深く、村を悩ませる。

そんなことを思ったその時、

「乙名さんッ」

トボウグチから一人の百姓が飛び込んできた。遠くから走ってきたらしく、この寒さにも拘わらず首筋に汗をかいていた。

その百姓は目を剝いて訴えた。

「村の衆が大勢、用水池に集まって騒いどるだ！　すぐに来てやっておくんなせえ！」

「用水池か」

今そのことを考えていただけに驚きも一入《ひとしお》だ。そして嫌な予感がした。

「なにやら大事が起こったようだべ。オラは用水池に行くだ」

多吉が腰を上げると、話を聞いていた百姓たちが、「オラも」「オラも」と立ち上がった。

「祟《たた》りじゃあ！　池の主様がお怒りになっておられるぞッ！」

一人の老婆が堤の上に立ち、白髪を振り乱して、喚《わめ》き散らしていた。

「いったいなんの騒ぎだ」

多吉が駆けつけてきた時には、すでに村の者たちが百人近く集まっていた。石田村の人口はおよそ三百八十人であるから、これはかなりの人数である。

多吉の屋敷に集まっていた者たち二十人も走ってきた。堤の下の道は村人でいっぱい。まるで神輿《みこし》を担ぐ時みたいに、肩と肩とがぶつかり合うほどになっている。

老婆は片手に持った杖を高々と振り上げた。目を怒らせて村人たちを睨みつけた。

「お怒りじゃぞ！　この罰当たりどもめらがっ！　お前たちはなんという罰当たり者じゃっ！　池の主様は、嘆き悲しんでおられるぞッ！」

怒っているのか、嘆き悲しんでいるのか、はっきりさせてもらいたいところだが、そこは気合だ。

村人たちは息を飲んで老婆の言葉に聞き入った。

「見よ！　お前たちには見えぬか！　聞け！　お前たちには聞こえぬか！　池の主様が嘆き悲しんでおられるわ！」

　百姓たちは互いに顔を見合わせた。

　村人の一人が叫んだ。

「池の主様ってのは、いってぇなんだべ」

　皆が「おう」と声を上げた。それがわからぬことには話にならない。

　すると老婆は、ますます激しく白髪を振り乱し始めた。凄まじい形相で唸り声を上げ、身をくねらせる。なにやら本当に神が下りてきたのではないか、と思わせるほどの異様さだ。村人たちは息を飲んで見守った。

「池の主様のお声が聞こえた！　池の主様のお姿が見えた！　主様はかつて、この村の名主であったのだぞ！　村の衆の暮らしの安寧を、今も、神霊となって見守っておられるのだぞ！」

　村人たちは顔色を変えた。

　老婆は村人たちには何も言わせず、問いかける隙も与えずに叫んだ。

「お怒りじゃ！　お怒りじゃ！　この村には災いが起こる！」

村人たちは一斉に身を震わせた。老婆は続けて叫んだ。

「供養じゃ！　供養をせねばならぬ！　喪主の娘が要るのじゃあ！」

老婆がいきなり堤の土手から転がり落ちた。村人たちがどよめく。

老婆は身体を小さく丸めた姿で、土手の下の道まで転がってきた。百姓たちの足元で大の字に伸びてしまった。

「おい、婆さん、しっかりしろ」

一人の若い百姓が老婆を助け起こそうとした。すると老婆がパッチリと目を見開いた。

「ハレ？　ここは……、どこじゃ？」

たった今まで見せていた仰々しさはどこにもない。小さな目をパチクリさせる顔つきは幼童のようだ。

老婆は立ち上がると、百姓たちを不思議そうに見回した。

「村の衆がこんなに大勢で集まって……、ハァ、今日はお祭りだべか？」

懐から縁の欠けたお椀を取り出した。

「お祭りなら、この婆にもなんぞ施しをしてくれねぇべかのぅ？」

「な、なんだ？」

若い百姓が驚いて周囲に目を向ける。老婆は卑しげに笑った。

「この婆ァは、これから信濃《しなの》の善光寺に向かうところじゃ。銭を施して、代参にしてやっておくんなさいよ」

先ほどの神々《こうごう》しいまでの荒ぶり様とはうって変わっての弱々しい口調だ。村人たちはますます動揺し、この老婆を持て余した。

多吉は人垣を割って前に出た。

「この銭を受け取るがええ」

巾着《きんちゃく》から摘み出した銭を三枚ばかり突き出す。老婆は、

「おありがとうござぁい」

と言って、椀で受けて頭を下げた。

「確かに善光寺様に納めて参りますでな」

賽銭《さいせん》の代行を行う下級の宗教者が、この時代には大勢、街道を歩いていた。

老婆はなにやら経文らしい文言を唱えながら、信濃の方角に向かって歩いて去った。

村人たちは老婆の背中が見えなくなるまで見送った。老婆の姿は木立に紛れて消えた。

「あの婆様には……、神様が下りとったんだべぇか」

白髪頭の百姓が呟く。その声は皆の耳に届いた。農民たちが畏れた顔つきで頷いた。

多吉は（これはいかん）と直感し、急いで叱りつけた。

「愚かしいことを言うもんじゃあねぇ。あれは騙りだ。騙り者の拝み屋だ」

「だども、村のことを良く言い当てた……。神様の御告げじゃなかんべぇか」

白髪頭の百姓が、珍しく乙名に抗弁した。老婆の気に当てられて、非日常的な心境になっているのだろう。

村人たちも一斉に頷く。老いた百姓の物言いに賛成らしい。

「違う」

多吉は言った。

「あれは、騙り者の手口だ。この村の幽霊騒動を、どこかで聞きつけたのに違ぇねぇんだ。この池をお造りになったのが、何代も前の名主様だってことも、どこかで調べてきた。そのうえで、あのような物言いをして、お前たちを惑わそうという魂胆なのに相違ねぇ」

多吉は老婆が消えた西の山道に顔を向けた。

「見ておれ。あの婆様はすぐに戻ってくる。そして、幽霊を鎮めるなどと言い出して、村の者たちから銭を巻き上げようとするのに違ぇねぇんだ」

多吉はきつい口調で言いきかせた。急いで村人たちを、現実に立ち返らせねば危ない——そういう直感が働いたのである。

乙名に断言されたら、あえて異を唱える者もいない。田舎の百姓だからといって、みんながみんな迷信深いとは限らない。拝み屋を信じたばかりに身代を巻き上げられた、などという事件を、年寄りなら一度や二度は、目にしているから尚更だ。

「なるほど、そういう魂胆かも知れねぇべな」

白髪頭の百姓は納得した様子で頷いた。

「あぶねぇところで、性悪の婆ァに騙されるところだったべ」

村の者たちは憑物が落ちたみたいな顔つきで、一人、また一人と、自分の家や畑に戻り始めた。

多吉は内心安堵の溜息をついて、村の者たちを見送った。

多吉の家からついてきた者たちだけがその場に残った。多吉は百姓たちにきつい目を向けた。

「お前たちがくだらねぇことで騒ぎ立てるから、ああいう手合いの騙り者につけこまれるんだべ。もう金輪際、幽霊のことなんか口にしちゃあならねぇぞ」

叱りつけられた百姓たちは、面目のなさそうな顔つきでうなだれた。


ところがである。多吉の予見は外れた。その老婆は二度と村には姿を現わさなかったのである。

百姓たちも物事は合理的に考える。

老婆は、あれだけの大騒ぎを起こし、人を集めておきながら、受け取ったのはたったの三文だ。金が目当ての騒動だったとしたら、これほど割りの合わない話はない。村の情報を集めるのにだって手間はかかっているはずだからだ。

村人たちは再び不安に苛《さいな》まれ始めた。

「あれは、銭が目当ての騙り者なんかじゃなくて、本物の神憑だったんじゃねぇべか」

神様が下りていたから、老婆は自分が何を喋ったのか憶《おぼ》えていない。だからまっすぐ信濃に向かって、そのまま戻って来ないのだとも考えられる。

「もしもそうなら、池の主様の祟りは本当だってことになるべ」

村人たちは寄れば触れば囁き合って、身を震わせたのであった。

四

お甲が名主の屋敷に入っていくと、すぐに仁右衛門が顔を出した。お甲と菊蔵は台所の土間に立っている。仁右衛門は上り端の板敷きに立ちはだかった。

「ああ、良く来てくださった。とんでもないことになっている」

言葉使いは穏やかだが、声の調子が刺々《とげとげ》しい。日頃は柔和な仁右衛門の顔が、激しい怒りで歪んでいた。

菊蔵がお甲に耳打ちした。

「立ったまま物申すなんて、こりゃあよっぽど取り乱してますぜ」

玄関や上り端などに客を迎えた場合、家の者は床に膝を揃えてから挨拶する。立ったまま物を言うのは、相手を見くだしていることになり、失礼極まる振る舞いなのだ。

台所で働く女たちも、仁右衛門がこれほど取り乱すのを見たのは初めてなのか、驚いて目を向けていた。仁右衛門もようやく自分の醜態に気づいたらしく、

「と、とにかく、お上がりを」

上擦った声で言い残して、屋敷の奥へ戻っていった。

お甲と菊蔵が座敷に入ると、すでに仁右衛門が座って待っていた。二人が座ると、挨拶も待たずに、いきなり喋り始めた。

「村人たちの中に、用水池の埋め立てに反対する者が増えてきました」

「へい」と菊蔵が答えた。

「どうやらそのようですな。なんでも、お亡くなりになった名主様の幽霊が、池を埋めちゃあならねぇとお怒りのご様子で……」

「馬鹿馬鹿しい！」

仁右衛門はフンッと鼻息を吹いて、横を向いた。

「今どき幽霊なんてあるもんかね。どこぞの誰かが、悪い噂を流しているのに違いないですよ！」

お甲は頷いた。その悪い噂を流しているのが誰なのかもわかっている。

村人たちの様子から目を離すお甲ではない。村人たちの中に信仰心、あるいは恐怖心が蘇ってきて、

「大事な池を埋め立てるなど、とんでもねぇことだ」

「池をお造りくださった先人に申し訳がねぇ」

という声が日増しに高まっていることも知っていた。

（今は五分五分といったところか）

養蚕の利に期待する者たちと、池の主に怯える者たちの数は拮抗《きっこう》しているとお甲は見ていた。

「このままだと、公事がどう転ぶかわからない。淵上様にも顔向けができませんよ！」

仁右衛門が莨盆を引き寄せながら言った。莨を吸って気を落ち着かせるつもりで

あろうが、上手く莨を詰めることができないほどに苛立っている。

お甲は、仁右衛門に訊ねた。

「池の主様とやらの正体は、すでにお亡くなりになった名主様だとか、村のお百姓衆は噂なさっていますが――」

仁右衛門の表情が、ギクッとこわばった。凄まじい目で睨みつけてくる。お甲は構わずに続けた。

「その霊を鎮めることができるのは、喪主である娘様のご供養だけだと、村の衆は言い交わしています。喪主がまだご存命であるのだとしたら、池の主様の正体は、先代の名主様。仁右衛門様の兄上様の久左衛門様なのでは、ということになります」

「埒《らち》もない！」

乾いた音が響いた。仁右衛門の手の中で、煙管の羅宇《らう》がへし折れたのだ。

「村の者たちが、拝み屋の言うことなどを真に受けて……、あなたもあなただ。相手は質の悪い騙り屋ですよ。そんな悪党の物言いを本気になさるとは、どうかしている！　それで公事宿が務まりますか！」

お甲は形だけ低頭した。

「お叱り、謹んでお受けいたしまする。確かに相手は怪力乱神の非理を盾に取っている様子」

「その通りです。百姓たちの無知につけこむやり口だ」

「なれど手前は、どうして先方が、そのような物言いをしてきたのかが気になるのでございますよ。その老婆が騙り者だったとしたら、なにゆえ『娘を連れてきて供養をさせろ』などと言いだしたのか。その魂胆は奈辺にあるのか。それが気になるのでございます」

仁右衛門は無言で鼻息だけを荒くさせていたが、やがて、さも苦々しげに横を向いた。

「そんなことは、どうでもいいことでしょう。とにかく今は公事に勝つこと、それのみですよ」

仁右衛門は勢い良く立ち上がると、奥の棚を開けて手文庫を取り出した。蓋を開けて、中の包みを摑み取ると、それをお甲の膝の前に置いた。

「五両あります。その金で、心変わりした百姓たちを説得して、再びこちらの味方につけてください」

「へい。合点いたしやした」

と、横から菊蔵が手を伸ばして、小判の包みを摑み取った。お甲が返事をする暇もない早業だ。

「任しといておくんなせぇやし。……ついでに拝み屋の婆ァも見つけ出し、きつく折檻してくれやすぜ」

「いや、それは……」

急にうろたえだした仁右衛門に、菊蔵はニヤリと意味ありげな笑みを向けた。

「なぁに。先方がどういう魂胆か、だの、いったい何を知っていやがるのか、なんてことには、こちとら関心はございやせん。なんなら口封じもお引き受けいたしやすぜ」

「本当かい」

「ただし、あっしらは殺し屋じゃねぇんで、相手に銭を握らせて、この件から手を引かせるってやり方ですがね。……そん時にはまた、別に銭が入り用になりやすが、いかがで？」

仁右衛門は大きく息を吸って、鼻から吹き出した。

「仕方がないね。卍屋さんにお任せしますよ」

菊蔵は意味深に微笑して、低頭した。

「この卍屋に、万事お任せくだせぇやし」


「面白くなって来やしたぜ」

仁右衛門の屋敷を出るなり菊蔵が笑った。

「幽霊騒ぎで村は真っ二つだ。天秤棒《てんびん》みてぇなもんだ。あっちに傾き、こっちに傾きするたびに、卍屋に銭が入るって寸法ですぜ。へへッ、どこの誰かは知らねぇが、その拝み屋婆ァに礼金でも積みたい心地ですぜ」

お甲たちの策が上手く運びすぎて、村の総意で池が埋められ、公事が取りやめになる寸前であったのだ。

「卍屋にとっちゃあ、福の神ですぜ」

「そうだといいけど」

お甲の表情は冴えない。あの男が本心から卍屋のために働いてくれているとも思い難い。あの男は裏街道を行く悪党だ。迂闊に信じることはできなかった。

五

深夜、村の若者三人が棍棒《こんぼう》を手にして池の堤に集まってきた。

「なぁ兄ィ、本当に寝ずの番なんかするのかよ」

一番歳の若い男が、身を震わせながらそう言った。

「うるせぇな三郎。震えが来てるんなら帰《け》ぇったっていいんだぜ」

真ん中に立つ、やや背の低い男が言う。続いて一番前を歩いていた背の高い男が振り返った。

「太郎兄ィの言う通りだ。お前ぇは帰ぇって寝ちまえ。臆病者についてこられても足手まといになるだけだ」

三郎と呼ばれた若い者は唇を尖らせた。

「酷ぇな次郎兄ィ、恐がってるわけじゃないよ。寒いんだよ」

三郎は鼻をすすり上げた。

三人の吐く息が白い。夜が更けるにつれて気温が下がり、寒さが肌身に凍《し》みてきた。

この三兄弟は、名を太郎、次郎、三郎という。近在では評判の跳ね返り者だ。百姓だからといって、純朴で大人しい者たちばかりとは限らない。乱暴者も必ずいる。

その乱暴者三兄弟が深夜に池までやって来たのだ。

「幽霊なんかいるわけがねぇ。狐か狸か、そうじゃなかったら、たわけ者の悪戯だ」

背は低いが肩幅の広い太郎が言い、

「獣《けだもの》か悪戯者かは知らねぇが、オラたちの村で勝手な真似は許さねえぞ」

ヒョロリと背の高い次郎が言う。

そうなると三郎だって黙っていられない。いつまでも子供扱いされてはたまらないから、勇んでついてきたのであるが、夜風は氷のように冷たいし、地面には霜柱も立っている。草鞋を履いた足が冷えきって痛む。

池の堤まで来れば、すぐにも幽霊が出迎えてくれるのだろうと思いきや、辺りにはなんの気配もなく、ただ枯れ草がザワザワと音を立てているばかりだ。池の水面も静まりかえって、魚の跳ねる音すらしない。

（こんな所でいつまで待たにゃあならねぇんだべ）

四半時もしないうちにすっかり嫌気がさしてきた。元々根気のない質だし、なにしろ寒いのが辛い。

(幽霊ってのは夏のもんだと相場が決まっとるべえ)

夏場ならば、まだしも堪えられたであろうに。気配りのできない幽霊がいたもんだ、と三郎は心の中で悪態をついた。

その悪態が聞こえたわけでもあるまいが、辺りが急に、闇に包まれた。

太郎が「おっ?」と声を漏らして空を見上げる。黒雲が月を隠していた。

ヒューッと強い風が吹いた。堤に伸びた枯れ草が一斉に騒《ざわ》めいて、不吉な音を響かせた。

三兄弟は提灯も持たずに家を出てきた。そもそも貧しい農家では、蠟燭などという高価な物は滅多に使えない。

闇の中では三人の姿がどうにかこうにか見えるばかりだ。互いの表情も見て取ることができない。

その時であった。

「おいっ、見ろ!」

次郎が指を差して叫んだ。太郎と三郎は堤の先に目を向けた。そして揃って声をあげた。

闇の中に人が立っている。月は隠れて真っ暗闇なのに、はっきりと見えた。

人影は青白い燐光を放っている。

「出やがった」

太郎が声をあげる。

「名主様の幽霊だ……！」

三郎は震え声を搾り出した。

三兄弟は愕然《がくぜん》として噂の幽霊を見つめた。心のどこかでは、酔っぱらった権六が見た幻だ、とか、臆病者たちの見間違いだ、などと思っていたのだが、本当に自分たちの目の前に現われてしまった。三人揃って声も失い、口をアングリと開いて立ち尽くした。

真っ先に我に返ったのは次郎であった。

「狐か狸か知らねぇが、よくもオラたちの前ぇに面を出しやがったな！」

太郎も「おう」と応えて身構える。

「懲《こ》らしめてくれるべぇ！」

三郎にも異存はない。家から持って来た棍棒を握りしめた。

「よしっ、逃がさねぇように取り囲むぜ！」

太郎の指図で三方に分かれた。太郎が堤の上を走って、真っ正面から幽霊に挑みかかる。次郎は土手の下から幽霊に迫り、三郎は背後に回り込む——という手筈だ。

家を出た時から、道々語り合って決めたことであった。

次郎と三郎は走った。闇の中でも地形ぐらいは見て取れる。乾いた道は白く明るく見えるから、走ることも苦にならない。

三郎は急がなければならなかった。喧嘩ッ早い太郎は、包囲が完成するまで待ったりはしないだろう。太郎とはそういう男だ。評判の暴れ者だけに前後の見境がない。案の定、

「オウラァッ！」

獣《けだもの》染みた雄叫《おたけ》びをあげて、幽霊に躍りかかった。

(太郎兄ィ、待ってくれ！)

三郎は必死だ。狐か悪戯者かは知らないが、太郎に拳骨を食らわされたら、たま

らず走って逃げるであろう。それを取り逃がしたりしたら、叱りつけられて殴られるのは三郎だ。太郎は自分に不手際があったなどとは絶対に考えない。悪いのは常に他人だ。弟たちだ。

その直後、「ぎゃあっ」と悲鳴が聞こえた。三郎は走るのに夢中で幽霊と太郎の殴り合いに目を向けている暇もない。

ところがである。今度は次郎が「えっ」と叫んだ。

三郎はようやく異変に気づいて振り返った。そして仰天して足を止めた。

(太郎兄ィがいない)

堤の上には人影がない。太郎だけではない。燐光を放つ幽霊の姿も忽然《こつぜん》と消え失せていた。

「兄ィ！」

叫んだのは次郎だ。次郎の影が土手を駆け上っていく。急な土手に何度も転びそうになりながら、幽霊と太郎がいた辺りを目掛けて進んだ。

そして再び悲鳴が上がった。

「次郎兄ィ！」

三郎は叫んだ。今度ははっきりと聞き分けることができた。今のは次郎があげた悲鳴だ。

（ってこたぁ、さっきやられたのは太郎兄ィか……）

三郎は闇に目を凝らした。堤の上に人影はない。太郎と次郎はどうなってしまったのか。

幽霊の姿も見えない。見えないけれども幽霊はそこにいて、人の目には見えない手段で、太郎と次郎を倒したのに違いない。

三郎はこの場から走って逃げ出したかった。兄二人にいじめられた子供の頃みたいに、大声で泣き叫びながら家まで走って帰りたかった。

だが、今の三郎は子供ではない。兄二人を置き去りにはできない。

「くそうッ」

三郎は棍棒をきつく握り直した。

「幽霊なんか恐くねぇぞ！　姿を見せろっ」

急な土手を駆け上る。枯れ草が足の指に絡みついて走りづらい。何度も引っ掛かって転び、両手をつきながら、堤の上に顔を出した。

目の前に、真っ黒な影が立っていた。三郎は仰天して見上げた。

（幽霊じゃねぇ！　妖怪《ばけもの》だ！）

真っ黒な大入道が立ちはだかっている。

悲鳴を上げようとした瞬間、妖怪大入道の腕が伸びてきて、三郎の襟首を掴んだ。

「ひええっ」

三郎は無我夢中で、手にした棍棒を振るおうとした。その瞬間、首筋に凄まじい衝撃が走って、目の前で花火が散った。

それきり意識は遠ざかり、三郎は深い闇の中に吸い込まれていった。


「終わったぞ」

榊原主水が背後に声を掛けると、草むらが揺れて、黒布を被った男が立ち上がった。

男は顔中に白粉《おしろい》を塗りたくっていた。そればかりか髪にまで白い粉を振りかけている。足元には青白い炎を上げる手焙りが置かれていた。

青白い炎が男の顔と経帷子を照らしあげた。まるで男の全身が燐光を放っているかのように見えた。

さらにもう一人、別の男がゆっくりと土手を上ってきた。近くの暗がりに身をひそめて、一部始終を見守っていたらしい。

「お疲れさまです。榊原様」

幽霊の足元に置かれた手焙りの炎が、男の軽薄な笑顔を照らす。

「それに弥助さんも」

いかさま師は石田村の百姓にも笑顔を向けた。

弥助は、恐る恐る、足元に目を向けた。三兄弟がだらしなく伸びている。弥助は手焙りを手にして、その炎で三人の顔を照らした。

「こ、殺しちまったんだべぇか?」

榊原主水は不愉快そうに鼻を鳴らした。

「気を失っておるだけだ。このようなつまらぬ者ども、わざわざ命を奪うこともない」

榊原の顔は鍋底の炭を塗りたくられて真っ黒だ。着物は元から黒ずくめだから、顔と腕を黒く塗るだけで闇に溶け込むことができたのである。

いかさま師は笑った。

「榊原様は真っ黒。弥助さんは真っ白。好対照なお二人ですね」

「笑い事ではない」

「まったく、ご浪人様の仰る通りだべ」

弥助も少しばかり立腹しているらしい。

「顔も頭も白く塗られ、生きてるうちから経帷子を着せられるなんて、思ってもいなかったですだ」

いかさま師は弥助の手から手焙りを取った。

「綿《わた》に焼酎を含ませて火をつけると青い火がつきます。その火で照らせば、あら不思議。亡者の霊の出来上がり、という次第です」

いかさま師は燃える綿を地面に落として踏み消した。

「幽霊騒ぎはもう十分ですよ。弥助さんはお役御免ですね」

「お仙様の言いつけだから仕方がねぇ、言われた通りに務めてきただけんど、こんな役目はもう金輪際、御免ですだ」

「さぁ行きましょう。ここに長居は無用です」

三人は闇の中を走って逃げた。

第六章　お甲、かどわかされる

一

村の荒くれ者三兄弟が幽霊に挑んでこっぴどく痛めつけられた——という話は、すぐにお甲の耳にも届いた。

村の者たちはますます幽霊に恐怖して、池の埋め立てに反対する者が増えた。養蚕で暮らしが豊かになっても、その結果、名主の幽霊に祟られたのではたまらない、ということであるらしい。

お甲と卍屋の者たちは、一日じゅう村を走り回って説得を続けたが、退勢の挽回はままならない。余所者から誘われる利益より、村を見守る名主の霊のほうが大切なのだろう。

夕刻、夕餉を終えて宿坊の離れ座敷の縁側に出たお甲は、月光に照らされた庭をボンヤリと見つめた。

首尾は上手く運んでいないが、落胆はしていない。それにもう一つ、お甲の胸を弾ませる理由があったのだ。

（明日にも、喜十郎様が村に乗り込んで来られる）

そう思うと自然に鼓動は高鳴り、頬が熱くなった。

もちろん相原はお甲に会いに来るわけではない。仁右衛門が願を出した公事を調べにやってくるのだ。村人の意見を質して、どちらの言い分が村の総意なのかを確かめるのである。

そう思った途端に、お甲の気が重くなった。

（このままでは仁右衛門様は公事に負ける）

いかに名主でも、村人の民意に逆らうことはできない。江戸時代の統治の基本は〝皆が納得をしていること〟である。村人が納得していないことを無理に進めれば、たちまち一揆が発生してしまう。

（あの男は、この始末をどうつけるつもりなのだろう）

お甲の策も効き目がありすぎたが、あの男の策も効き目がありすぎたのではあるまいか。

肝心の公事で負けてはなんの意味もない。

(卍屋甲太夫の名を汚されてはたまらない)

三代目甲太夫の実体であるお甲はそう思った。

その時である。庭の草木が大きく揺れた。お甲は鉄扇を握りしめた。

「現われたわね」

以心伝心とでもいうのか、いかさま師が庭木をかき分けながら出てきた。いつものように品のない、人を食った薄笑いを浮かべていた。

「ずいぶんと派手にやってくれたわね」

お甲は思わず難詰口調で言った。

「いったいここから、どうやって勝ち公事に持っていくつもり?」

「おや」

いかさま師は笑った。

「それをお考えなさるのが、三代目甲太夫のお甲ちゃんではございませんかえ」

お甲はムッとして口を閉ざした。

いかさま師は笑いながら続けた。

「卍屋さんが請けた仕事は〝公事に勝って池を埋め立てること〟だ。あたしもそれだけは、忘れちゃおりませんよ」

「だけど村の人たちは、あの幽霊を、先代の名主の久左衛門様だと噂している。久左衛門様の恩義には逆らえないと、皆で言い交わしている。ここから勝ち公事に持っていくのは至難の業よ」

「あの幽霊サマは、そんな理由で化けて出たんじゃあございませんよ」

「えっ」

お甲は聞き返した。

「幽霊騒動は、あなたが起こしたんじゃなかったの？」

「手前が起こしたんですけど」

何を言っているのかさっぱりわからない。お甲は眉をひそめた。

「いったい何を企んでいるの」

それには答えずいかさま師は、別のことを質してきた。

「明日、御勘定奉行所のお役人様が、村に乗り込んで来られるそうですね」

お甲の眉根にますますきつく縦皺が寄る。

「どうして、そんなことまで知ってるの」

いかさま師は人の悪い笑顔を見せた。

「御勘定奉行所の動きから目を離すことはできないのでねぇ」

お甲の知らぬことだが、勘定奉行所には、下働きをする小者として、白狐ノ首魁の息がかかった者が潜り込んでいた。その伝《つて》で情報が筒抜けに伝わってくるのだ。

「さて、そこでです」

いかさま師がヘラヘラと笑いながら言った。

「三代目甲太夫サマが大手柄を立てるのは、まさに明日でございますよ」

お甲はいかさま師の笑顔に不穏なものを感じて、腰の鉄扇をきつく握った。

「その三代目甲太夫ってのは、あたしのこと？　それともあなたのこと？」

「さて、どちらでしょう。いずれにしても檜舞台《ひのき》にございますよ。……そこでまぁ、大舞台にはそれなりの仕掛けってヤツが入り用でございましてね。お手伝いを願えないものかと」

「何をさせるつもり」

「この村にですねぇ、三代目甲太夫の女房様をかどわかして、脅してやりたい、とお考えのお百姓がいるんですよ」

「あたしをかどわかして、三代目甲太夫を脅す？」

「そうです。で、まぁ、そのお人のやりたいようにやらせてみようかと。あたしが智慧を貸したってわけです」

「何を言っているの」

「それじゃあ、かどわかされてください」

庭の草木が大きく揺れた。大柄な百姓と、全身黒ずくめの浪人がヌウッと入ってきた。

百姓はともかく、浪人の方は凄まじい威圧感を放っている。かなりの使い手だとお甲は一目で見抜いた。

（あたしの鉄扇では、勝目がなさそう）

お甲も使い手だけに、彼我《ひが》の実力差を察することができる。

「菊蔵さんたちを呼んでも、騒ぎが大きくなるだけです。ここは人助けだと思って、穏便に願いますよ」

「人助け？」

「ま、その話は道々。先代の名主様の一人娘様もいらしてますので」

お甲は訝しそうにいかさま師を凝視した。

「幽霊を鎮めるとされている喪主の娘？」

「そうです。その娘さんが今度の公事を綺麗に治めてくれるはずです。さて、そろそろ行きましょう。こちらの浪人様が当て身を食らわせた卍屋の若い衆が、息を吹き返すといけませんのでねぇ」

なんにしても、断ることは難しそうだ。この男は所詮、裏街道を行く者だ。お甲が抵抗しても、力ずくで意に従わせようとするはずである。

「仕方がない。悔しいけど、そっちの手に乗ってみることにする」

お甲は立ち上がり、沓《くつ》脱ぎ石に揃えてあった雪駄に足指を通した。

二

「下代さんっ、大変《てぇへん》だ！」

寺の宿坊の台所に百姓が飛び込んできて叫んだ。

その声を座敷の寝床でうつつに聞いて、菊蔵は煩わしそうに目を覚ました。

「なんでぇ、もう朝かい」

陽光が障子を照らしている。菊蔵は眩しげに顔をしかめた。

早起きの菊蔵がこんな時刻まで寝過ごすのは珍しい。昨夜はつきあい酒を飲みすぎたのだ。例の賭場で村の男たちを接待していたのである。

台所のほうでは盛んにわめき声がしている。

「なんでぇ。朝っぱらから騒々しいな」

菊蔵はムックリと起き上がると台所へと向かおうとした。板戸に手をかけようとしたところで、向こう側からその板戸を、勢い良く開けられた。

「菊蔵さんッ」

辰之助が飛び込んでくる。

「大変《てぇへん》ですぜ！　ご名代が、村の悪タレに攫われちまった！」

「なんだとッ」

菊蔵の目がカッと見開かれた。二日酔いもいっぺんに吹っ飛んだ顔つきだ。

「そりゃあ本当のことか！」

思わず手が出て辰之助の襟を摑む。辰之助も凄まじい形相で言い返してきた。

「村の百姓がそう言ってきたんだ！　念のため、ご名代の寝所を覗いてみたけど、お姿がねぇ！」

「見張り番はどうしたッ」

「朝まで伸びていやがった。当て身を食らわされたみたいですぜ」

菊蔵は辰之助を突き放した。

「この事、けっして人に知られちゃならねぇ！　村の者《もん》たちに知られる前に助け出すんだ！」

公事師が悪党に攫われた、なんてことは、決してあってはならない醜態である。

「世間に知れたら卍屋の暖簾に傷がつくぜ！」

すると辰之助が、情けなさそうに顔を歪めた。

「それが、もう、村中に知れ渡っちまってるみてぇなんで」

「なんだとッ」

菊蔵の満面が朱に染まった。

菊蔵と辰之助は卍屋の若い者たちを引き連れて、用水池の堤に駆けつけてきた。

「クソッ、大勢集まっていやがる！」

菊蔵が悪態をついた。池の堤には村人たちが蟻《あり》のように群がっている。男も女も、老いも若きも、村中総出で出てきたかのようであった。

「どいた、どいたぁ」

卍屋の若い者が村人をどかして、菊蔵と辰之助は土手の頂きまで駆け上った。

「菊蔵さんッ、ご名代はあそこだ！」

辰之助が指差した先には一艘の小舟があった。用水池の真ん中に浮かべられている。舟の上にはお甲ともう一人、大兵肥満の若い百姓の姿があった。

「近寄るんじゃねえッ！　公事師の女房がどうなってもいいのか！」

百姓が叫んだ。

「くっそうッ、調子づきやがって！」

辰之助は地団駄を踏む。どれだけ大柄でも相手は百姓。公事宿の男たちが取り囲めば簡単に取り押さえることができる。

しかし相手は舟の上だ。

とになる。

「菊蔵さんッ、こりゃあ迂闊にゃあ近づけやせんぜ！」

近づくなら舟で漕ぎ寄せるしかないが、舟を出した瞬間から、相手に覚られることになる。

「ンなこたぁ、手前ぇに言われなくたってわかってる！」

菊蔵が怒鳴り返した。それから村人たちにも目を向けた。

「こんな大勢に見られちまったんじゃあ、誤魔化しもままならねぇ」

これほどの大事件は滅多に起こるものではない。卍屋のお甲が人質に取られたという噂は、すぐにも関八州に知れ渡ることだろう。

堤の下の道を十人ほどの田舎俠客が押し出して来た。菊蔵は「チッ」と舌打ちした。

「あれは宿の悪四郎と、その子分たちだろう。クソッ、こっちの弱みを握られちまうぜ」

村で事件が起こった際に、宿の俠客たちが出張《でば》ってくるのは当然のことだ。公領の治安を維持するのは、本来ならば勘定奉行所の役人の仕事なのだが、役人たちは村々には常駐していない。非常時には地元の顔役に悪党の鎮圧を任せるしかない。

俠客たちが宿で一家を構えていられるのも、非常時には命を張って村を守るという不文律があるからだ。

「仕方がねぇ。挨拶してくらぁ」

菊蔵が情けなさそうに言って、土手を下り、俠客一家を迎えた。

「宿の親分さんとお見受けいたしやす。わざわざのご足労、かたじけねぇことにござんす。手前は卍屋の下代頭で菊蔵と申しやす」

悪四郎、本名は善四郎は、博徒にしては陰気な顔つきで、気負った様子もなく、静かな口調で答えた。

「石田の宿の善四郎と発しやす。村の者の報せを受けて駆けつけて来やしたが、どうやら虜《とりこ》になっているのは、卍屋の女房さんらしいですね」

菊蔵は歯ぎしりしながら顔を伏せた。

「まったくもって面目ねぇ」

お前たちがついていながら何をしていたのだ——と皮肉られても、なにも言い返すことはできない。

善四郎は余計な憎まれ口は叩かずに、堤の土手を上った。仕方なく菊蔵も後に続いた。

善四郎は舟を見るなり、言った。

「あれは太郎吉だ。村では知られた暴れ者ですぜ。さすがにウチの一家の者には手出ししねぇが、よその村の俠客に喧嘩をふっかけたりするもんだから、常々往生させられておりやす」

菊蔵は舌打ちした。

「どうしようもねぇ野郎ですな」

「この村から出した咎人《とがにん》だ。あっしらの手で取り押さえなくちゃならねぇ」

「そりゃあ心強《づえ》ぇお言葉ですがね、無理をされたら困る」

「もちろんでさぁ。あの女房さんが怪我を負ったり、命を失くしたりしたら、それだけ村の罪科が重くなる」

江戸時代の刑法は連座制であるから、太郎吉の罪が重くなればなるほど、家族や、五人組に科せられる刑も厳しくなるのだ。

菊蔵は声をひそめて囁きかけた。

「まだお役人は来ちゃいねぇ。村の衆も名主の仁右衛門様も、お役人の咎めを受けたくはねぇはずだ。今のうちに事を治めれば、どうにでも誤魔化しが利きやすぜ」

善四郎は陰気な顔つきで頷いた。

舟の上で、太郎吉が喚きだした。

「名主の仁右衛門様を呼んで来いッ！」

村人の中から、乙名の多吉が踏み出してきた。村人たちが息を飲み、静まりかえる。

「仁右衛門様を呼んで、どうするつもりだ」

叫び返すと、太郎吉はすぐに答えた。

「公事を取りやめにさせるだ！　この池は埋め立てねぇって約束させるだ！」

村人たちが一斉にどよめいて、次には口々に何事かを喋り始めた。太郎吉の思惑を知って、それぞれに思うところを言い合っている。

「それが野郎の魂胆かい」

菊蔵がギリギリと歯噛みする。

「喧嘩口論にならねえように、ってぇお志しで、お上は公事で双方の言い分を聞き届けようとなさっているのに、それを逆手に取って、公事宿の者を攫うたぁ、とんでもねぇ了簡《りようけん》だ」

ますます面倒なことになった。これはただの人攫いではない。公儀の司法制度に対する反逆だ。

「矢で射かけるという手がありやす」

善四郎が言った。

江戸のヤクザの喧嘩では滅多に使われることはないが、田舎ヤクザの出入りでは、半弓などが持ち出されることもあった。村には猟師も住んでいる。弓矢は得意とするところであろう。

菊蔵は慌てて抗弁した。

「あんなに揺れてる小舟の上だ。万が一、うちの名代に当たっちまったら困る」

善四郎はムッツリと黙りこんで頷いた。だが、太郎吉を射殺す策を捨てたようには見えない。

「まずは、仁右衛門様の裁量を伺おう」

善四郎の提案で、仁右衛門の到着を待つことになった。

なんの方策も立たないままに、土手の上から遠く離れたお甲を見守る。短気な菊蔵は意味もなくウロウロと歩き回っては、悪罵を吐き散らした。

三

ほどなく、名主の仁右衛門が駆けつけてきた。集まっている村人と、池の小舟を交互に見て、ワナワナと総身を震わせた。

「なんてことだいッ。この大事な日に……！」

普段は温厚な仁右衛門が、顔を真っ赤にさせて歯ぎしりする。

今日の午後には相原喜十郎が村に到着するはずだ。相原は支配勘定で、家禄は百石の小役人だが、公領の農村では殿様のように偉い。名主を含めた百姓たちの生殺与奪の権を握っている。

仁右衛門は善四郎を認めて足早に歩み寄った。

「親分さん！」

善四郎は折り目正しく頭を下げる。

「これは、名主さん。とんでもねぇことになっちまいやした」

「そんな悠長なことを言ってる場合かい！　さっさとあの悪党を、どうにかしておくんなさいよ！」

面罵に近い大声を浴びせられ、善四郎はいささか鼻白んだ様子だ。

「どうにか、って、あっしらに何をしろと仰るんで？」

「鉄砲で撃ち殺すとか、いくらでも手はあるだろう」

普段温厚な人ほど、取り乱すと何を言いだすかわからない——ということか。善四郎は呆れ顔をした。

「お役人様のお指図があるなら別儀ですが、勝手に咎人を撃ち殺したりしたら、あっしらのほうがお尋ね者になっちまいやす」

「しかし——」

「そもそも太郎吉は村方の百姓にござんしょう。まずは名主さんが叱りつけ、道理を教え諭して改心させるのが、筋ってもんじゃねぇんでしょうか」

「む……」

仁右衛門はなにやら動揺して視線を左右に泳がせた。

集まった村人たちが、息を飲んで仁右衛門と善四郎のやりとりを見守っている。

ここで無様な姿を晒すと、名主の体面に傷がつく。無理にも表情を改めて、走ってきたせいで乱れた襟を整えた。

仁右衛門は堤の上に立った。

「太郎吉！　わしじゃ！　名主の仁右衛門だ！」

大声を張り上げる。池の水面を伝わって、太郎吉の耳にも届いたはずだ。

「なんということをしでかしおったのじゃ！　さぁ、舟を返せ！　そのお人を放すのだ！」

太郎吉の返事はない。仁右衛門は続けて叫んだ。

「間もなく御勘定奉行所のお役人様が村に参られる！　お役人様にこの有り様を見られたらなんとする！　お前ばかりか、家族も親類も、五人組も、みんな罰を受けることになるのだぞ！」

それでもやっぱり太郎吉は、なんの返事も寄越さなかった。

菊蔵は地団駄を踏んだ。

「野郎め、名主の仁右衛門様を呼べ、と、あれほど叫び散らしていたのに、今度はダンマリかよ」

善四郎も仁右衛門に質した。

「どうしやす。今ならまだ、お役人様たちに対して、なんとか誤魔化しようもありやすが、太郎吉が公事師の女房に怪我でも負わせたら、言い逃れはできやせんぜ」

「言われなくともわかってる！」

わかっているが、まったく手の打ちようがない。仁右衛門と菊蔵は切歯《せっし》扼腕《やくわん》するばかり。善四郎は陰鬱な顔を舟に向けている。村人たちは静まりかえって、三人が次に何を言いだすのかを待った。

と、その時であった。

「ややあや皆さん、お揃いで」

場違いに呑気《のんき》そうな声が、堤の下のほうから聞こえてきた。その場にいた全員が振り返って、土手の下の道に目を向けた。

「あっ」

菊蔵が叫んだ。

「手前ぇは――」と続けようとしたその声に被せて、仁右衛門が絶叫した。

「甲太夫さん！」

善四郎も軽く会釈する。

「三代目さん。お早いお着きで」

菊蔵は「えっ」と目を剝いて、村の顔役二人を見た。それからいかさま師に目を転じた。

いかさま師はヘラヘラと品のない薄笑いを浮かべながら、菊蔵の眼差《まなざ》しを真っ正面から受け止めた。

「菊蔵。お前という者をつけておいたのに、とんだしくじりだな」

菊蔵はグッと息を飲んだ。この騙り者が何をしたのかはわからない。しかし仁右衛門も善四郎も、この男こそが三代目甲太夫だと信じている——否、信じ込まされている様子だ。

百姓たちも見守っている。

「あれが評判の、三代目甲太夫さんかい」

などという囁き声が聞こえてきた。三代目甲太夫の手柄話はこんな寒村にまで伝わっているのだ。ただし、その手柄を立てたのは、百姓たちの目の前にいるこの男ではないのだが。

ここでこの男を偽者の三代目甲太夫だと暴き立てることはできない。卍屋の評判が地に落ちる。卍屋は暖簾を下ろさねばならないことになる。

菊蔵は全身の血を逆流させる思いで頭を下げた。

「面目次第もございやせん」

いかさま師は土手を上ってきて、菊蔵の横を通り抜けようとした。

「まぁ、済んでしまった事は仕方がない。その顔をお上げ」

などと泰然とのたまって、菊蔵の肩をポンと叩いた。

菊蔵はその腕を摑んで、捻《ひね》って、捻《ね》じり切って、腕ごと引っこ抜いてやりたい思いだったのだが、歯を食いしばって堪えた。

そんな菊蔵の様子を見て、なにも知らない者たちは、

「あの下代頭さんは三代目甲太夫さんの叱責《しっせき》がよっぽど恐いんだね。全身を震わせているよ」

などと囁きあった。

いかさま師は仁右衛門と善四郎の間に悠然と立った。薄笑いを浮かべたまま、池の真ん中に浮かぶ小舟を眺めた。

「甲太夫さんッ、とんでもないことになってしまった」

仁右衛門が血相を変える。だがそれでもいかさま師は表情を変えない。仁右衛門は焦れた様子で続けた。

「薄笑いなんか浮かべている場合じゃないッ。間もなく御勘定奉行所のお役人様がやって来る……いや、それだけじゃないでしょう」

仁右衛門は首を振って話を変えた。

「人質に取られているのはあんたの女房だ。早いところ、なんとかした方がいい。あの男は太郎吉といって、村でも評判の無節操者だ。早く手を打たないと何をされるかわかったものじゃないんだ！」

いかさま師は「ふむ」と頷きながら、舟を見つめ、やっぱり口許に微笑を浮かべた。

仁右衛門はますます焦れた。今にもいかさま師の襟など摑みかねない形相だ。

「あんたは評判の公事師じゃないか！　これまでも大悪党を懲らしめてきたんだ！　なにか良い智慧があるんだろう！」

それを聞いていた菊蔵は（そりゃあ違うぜ）と、首を振りたくなった。数々の手柄を立ててきた三代目甲太夫は、船上にいるお甲のほうだ。

(この騙り野郎め、どう頑張ったって、お嬢さんの代わりが務まるもんじゃねぇぞ)

ところがだ。いかさま師は悠然と構えて微笑しながら、頷いたのである。

「もちろん、この三代目甲太夫に抜かりはございません」

(なにを抜かしていやがる。法螺《ほら》ばっかり吹きやがって。手前ぇにどんな智慧があるっていうんだ)

と思っていたら、同じことを仁右衛門が質した。

「いったいどんな策があるんですね」

いかさま師は舟を遠望しながら「フフン」と鼻先で笑った。

「こっちからは舟に近づけない。お役人様のお指図もないのに矢や鉄砲で撃ちかけたりしたら、後々のお叱りが恐い。それに手前の大事な女房が怪我でもしたら叶わない」

(そんなこたぁ、手前ぇに更めて言われるまでもねぇ!)

菊蔵は思い、仁右衛門も、

「それは手前どももわかっているのですよ」

と言った。

いかさま師はニヤニヤと笑い続けている。

「しかしこのまま手をこまねいているのも良くない。お代官所の役人様や、江戸からお越しになる相原様に、この様を見られたら大変だ」

なんとも思わせぶりな物言いで、菊蔵はいい加減にイライラしてきた。周りに人がいなかったら、間違いなく拳骨をくらわせていただろう。

仁右衛門も凄まじい形相でいかさま師を睨んでいる。

「なら、どうしようと言うんですね」

いかさま師はニカッと、白い歯を見せて笑った。

「こっちから舟に近寄れないのなら、あっちから近寄って来てもらうように仕向ければいいのですよ」

菊蔵と仁右衛門は訝しげにいかさま師を見つめた。その視線には構わず、いかさま師は背後の博徒たちに目を向けた。

「善四郎親分。すまないけれども村のためだ。子分さんたちに一働きしてもらいたいんですけどねぇ」

善四郎は頷いた。

「村のためだってのなら、断るもんじゃあござんせんよ。それで、あっしらに何をさせようっていうんで？」

いかさま師は笑顔で顔をクイッと、用水池の堰に向けた。

「池の水を溜めている、堰をぶっ壊して欲しいんです」

溜まった水を用水路に流すための取水口は、厚い板と土俵とで固めてある。

「堰を壊して水を流せば、池の上に浮かんでいる舟は、自然とこちらに引き寄せられてきます。そこを取り押さえればいい――って策です」

「なるほど、そいつは名案だ」

善四郎が言い、菊蔵も腹の中で（まんざら悪くもねぇ策だ）と、悔しいけれども感心した。

ところが、

「ちょ、ちょっと待て！」

仁右衛門が大声をあげて詰め寄ってきた。菊蔵は少しばかり驚いた。

（なんてぇ面をしていなさる）

仁右衛門は顔を紅潮させ、眉を吊り上げ、目を剝いて、今にも嚙みつきそうな顔でいかさま師に迫る。この寒いのに、額にフツフツと汗まで滲ませていた。

「堰を壊されたら困る！」

いかさま師は不思議そうな顔をして、首を傾げた。

「そりゃあ、どうしてですね」

「どうしてって……」

仁右衛門は絶句し、それから唾をゴクッと飲んで、何事か、思案を巡らせたうえで答えた。

「今ここで水を抜かれちまったら、今年の春の田植えができなくなるじゃないか」

周りの村人たちが「おう」と一斉に頷いた。

「名主様の仰るとおりだべ。この水がなくちゃあ、田植えができねぇ」

村の者一同は堰を壊すのに反対、という顔つきだ。

しかし、いかさま師は意に介した様子もない。ヘラヘラと軽薄な笑顔を返した。

「変ですねぇ、仁右衛門さん」

「何が変です！　田植えを前に、池の水を抜いてしまおうというあなたのほうがずっと変だ」

「しかしですねぇ。仁右衛門さんはこの用水池を埋め立ててしまうおつもりだった。この村に田圃は必要ない。ぜんぶ桑畑にして蚕を育てて、絹を売って米を買えばいい。……そういうお考えじゃあなかったのですかえ」

仁右衛門は「うっ」と唸った。それから慌てて言った。

「しかし村の百姓衆は、まだ米作りに未練がある様子……。名主とはいえ、一存で池を潰すわけには……」

なにやらしどろもどろだ。

一方、百姓たちは一揆でも起こしそうな形相だ。

「池の水を抜かれちまったら、困るべぇ！」

いかさま師は相も変わらず笑顔で応対する。

「しかしですねぇ村の皆さん。太郎吉さんの悪行が、お役人様たちの知るところとなったら、どうなさいます。太郎吉さんと同じ五人組の人たちはもちろん、あなた方も、それに名主の仁右衛門さんも、お咎めを受けますすよ」

連座制の恐ろしさを知る百姓たちは、一斉に顔色を変えた。

「仕方がねぇべかねぇ？」

「今は太郎吉を取り押さえるのが先だべぇ」

あっと言う間に説得された村人が頷き交わすのを見て、一人、仁右衛門だけが泡を食った。

「いかんいかん！　お咎めはわしだけが受ける！　太郎吉は、帳外の者にすれば大丈夫だ」

江戸時代には戸籍の代わりに、江戸市中ならば人別帳、農村部ならば寺の宗門人別改帳が使われていた。手に余る素行不良者が出た場合、人別帳や宗門人別改帳からその者の名を外す。いわゆる勘当だ。こうして勘当された素行不良者は〝帳外の者〟と呼ばれる。親子であろうと縁が切られるので、連座の刑を免れることができるのだ。

いかさま師は首を傾げた。

「確かに宗門人別改帳から外せば、連座は免れましょうけれども、でもやっぱり、この騒動をお役人様に見られるのはまずいですよ」

村人たちは一斉に頷いた。

「名主さん！　ここは公事師さんの言うようにしたほうがええだよ！」

「んだ。太郎吉さえ取り押さえれば、皆で口を拭って知らん顔もできる」

「今はこの場を誤魔化すことが先だべ」

村人全員で口裏を合わせて、事件など何も起こらなかったことにする——ということだ。

「水がなくても百姓はできるだ！」

「蚕を育てりゃええ！」

「名主さんにとっちゃあ、願ったり叶ったりじゃねぇかよ！」

仁右衛門は両手を突き出して大きく振った。

「いかんいかん！」

迫る村人を押しとどめようとして、視線を左右に泳がせてから、突然なにごとか閃《ひらめ》いた顔つきで早口で続けた。

「池の主様が『いかん』と言っておる！　皆も薄々察しておるとおり、あれは先代の幽霊だ！　わしの兄の久左衛門だ！」

額に汗を流し、口から唾を飛ばして必死に訴える。

「わしは弟として、兄の言いつけには逆らえぬ！　皆の衆！　池の水を抜くことだけは勘弁してくれ！」

その時であった。

「父の霊なら、あたしが供養します！」

可憐《かれん》な声が響きわたった。一人の娘が姿を現わした。

「おい、通してくれ」

娘の身を守るためにつけてあった榊原が人をかき分ける。お仙が最前列まで出てきた。その後ろには伝兵衛までもが従っていた。

「お、お仙……」

仁右衛門は冷汗を滴《したた》らせながら、身を震わせるばかりだ。

お仙は叔父である仁右衛門に冷たい視線を投げてから、今度は村人に向かって声を張り上げた。

「拝み屋のおばあさんの話では、霊を供養することができるのは、一人娘のあたしだけ。父の霊はあたしがちゃんと供養します！　だから心配しないで。さぁ、村のみんなのために、この池の水を抜きましょう！」

　いかさま師は感心したように笑った。

「さすがは名主屋敷の娘様ですねぇ。しっかりなさっていらっしゃいます」

　一方、まったくしっかりして見えないのは、お仙の叔父であり、只今の名主の仁右衛門だ。幽霊を見たような顔つきでよろめきながらお仙に迫る。

「いけない、いけない！　何を言い出すんだお前は！」

　お仙はキッと鋭い目で睨み返した。

「池の水を抜かれては困るわけでもあるのですか！」

　仁右衛門は凄まじい形相で歯嚙みした。

　いかさま師はサッと手を振った。

「押し問答していても始まりません！　さぁ、皆さん、お役人様が間もなくやって参られます。急いで堰を壊してください！」

　善四郎の子分たちも、村の百姓たちも、総出で堰に向かって走り出した。

「待つんだ！　止《や》めなさい！」

　仁右衛門が立ちはだかろうとする。いかさま師は菊蔵に目を向けた。

「菊蔵、仁右衛門さんを取り押さえなさい」

「えっ」

成り行きを茫然と見ていた菊蔵が、我に返っていかさま師に目を向けた。

いかさま師はにこやかな笑みを返した。

「お仙さんを人質に取ったりしたら面倒だ。それに、この場から逃げられないようにしないといけないからね」

菊蔵も、仁右衛門の振る舞いを見て、この一件には裏がありそうだとは直感している。いかさま師の命に従うのは悔しいが、確かに、仁右衛門を逃がしてはならない。

しかし、あえて取り押さえるまでもなかった。菊蔵が肩に手をかけると、仁右衛門はその場にストンと腰を落とした。まるで人形遣いの手を離れた木偶《でく》のようだ、と菊蔵は思った。

「そうれ、そうれ」と掛け声が聞こえる。村人たちが土の俵を取り除き、堰を塞いでいた板を引き上げたのだ。

ゴォッと大きな水音がした。用水池に大波が立った。

池の水が抜けていく。水面に浮かんでいた枯れ葉が堰のほうに流れた。太郎吉とお甲を乗せた小舟も、ゆっくりと流されてきた。

「野郎ッ、容赦はしねぇぞ！」

仁右衛門の身柄は辰之助に任せて、菊蔵は拳を握って勇み返った。善四郎も子分を呼び戻して、白木の六尺棒を握らせた。

「お待ちください」

それを見ていたいかさま師が止めた。

「太郎吉さんは何も悪いことなどしてはおりませんよ」

善四郎はいかさま師を真っ正面から見つめ返した。

「何もなかった事にしようってお考えですかい。三代目さん、村を思ってのお志しはありがてぇが、しかし、太郎吉を捕まえねぇことには女房さんは助からねぇ」

「いえいいえ」

いかさま師は笑顔で首を横に振った。

「あの二人は最初から示し合わせていたんですよ」

「示し合わせていた？」

「つまり、狂言ってヤツです」

太郎吉は舟の底から櫓《ろ》を出して、自分から堤に向かって漕ぎ寄せてきた。

「首尾よく事が運んだみてぇだな！　三代目さん」

いかさま師は明るい声で叫び返した。

「あなたの芝居が効きましたよ」

太郎吉は力強く漕ぎながら苦笑いした。

「こっちはいつ鉄砲で撃たれるかとヒヤヒヤしてたべ。まったく人使いが荒《あれ》ぇや」

お甲は憮然とした顔つきで舟に座っている。

太郎吉は水位の下がる池を見た。

「これじゃあ、田植えはできねぇなぁ」

「あなたにとっては口惜しいことでしたね。それなのに、よくぞこの策に手を貸してくださった」

「なぁに、久左衛門様の娘様に頭を下げられちまったら、断りもできねぇ。久左衛門様には恩義があるからな」

太郎吉は笑顔をお仙に向けた。

「ありがとう、太郎吉さん」

お仙が頭を下げた。

舟の舳先《へさき》がドンッと堤を突いた。菊蔵が居ても立ってもいられぬ様子で駆け下りてきて腕を伸ばす。お甲はその腕を取って、舟から土手へと降り立った。

菊蔵が小声で確かめる。

「今の話は本当なんですかい？」

お甲は不本意そうな顔つきで頷いた。菊蔵は重ねて問い質した。

「この狂言に、いってぇどんなからくりがあるってんです？」

池の水位はどんどん下がっていく。

「これじゃあ公事をやるまでもねぇ。村では田植えはできめぇから、蚕を育てるしかねぇってわけだ。池は埋め立てに決まったようなもんですが、しかし、仁右衛門旦那はカンカンにお怒りですぜ。それにもう一つ、公事が取りやめになっちまったら、卍屋には礼金が入らねぇ」

お甲は首を横に振った。

「あたしにも良くわからない。だけど、あの娘さんが、何か大切なことを知っているはず」

お甲と菊蔵はお仙に目を向けた。お仙は、堤の上に立ち、胸の前で両手を握り、真剣な眼差しを池に向けていた。

「あの娘の様子といい、仁右衛門の物言いといい、只事じゃねぇってことは、このあっしにもわかりやす」

お甲も頷いて、土手を上っていった。

四

池の水が抜けていく。養蚕業への切り替えに賛成した者も、反対した者も、皆、万感の思いを込めて土手の上に立ち、いまやほとんど底を晒した池を見つめた。

池の底には黒い泥と、白い火山灰とが積もっていた。たっぷりと水を湛《たた》えていた時には神々しく見えた池も、今では汚泥の溜まった窪地でしかない。何やら、この池が寿命を終えて死に絶えて、無残な骸を晒したかのようにも感じられた。

と、その時であった。

「ありゃあ、なんだべ！」

一人の百姓が、池の真ん中を指差して叫んだ。村人たちが目を向ける。そして一斉に、騒ぎ立て始めた。

「ありゃあ骸だ！」

男たちは喚き散らし、女たちは悲鳴を上げた。

池の泥に半ば埋まって、ふたつの骸が横たわっていた。肉は腐り落ち、白骨化していたが、生前に着衣していた着物はそのまま残っていた。

「おとっつあん！　おっかさん！」

お仙が叫んだ。村人たちは一斉にお仙に目を向け、それからまた、骸に視線を転じた。

「先代の名主の久左衛門様と、その女房様かい！」

「娘が言うんだ、間違いなかんべぇ」

「そう言われりゃあ、あの着物の柄には見覚えがあるだよ」

うっすらとだが、死体の着物の柄が見えた。

村人たちは今度は仁右衛門に目を向けた。

「久左衛門様は、年貢軽減の嘆願のために江戸に行く途中、利根川の渡しで死んだんじゃねぇのか」

「どうして久左衛門様の骸が、村の池から出て来るだよ？」

仁右衛門は地べたに座り込んだまま、首を左右に振り、そして叫んだ。

「知らんッ、わしは何も知らんッ！」

村人たちが口々に言う。

「そういやぁオラたちは誰も、村を出て行く久左衛門様の姿を見ていねぇ」

「利根川で舟ごと覆ったって話も、仁右衛門様からそう聞かされただけだ」

「仁右衛門様の作り話だったのけぇ！」

その時であった、ケラケラと場違いに軽々しい笑い声が響きわたった。

「つまりはそういうことだったのですね仁右衛門様。池の底の泥を浚ってほしいという、村の皆さんの嘆願を無視なさったのも、村の百姓衆の窮状を見かねた善四郎親分の義挙を邪魔しようとしたのも、公事に訴えてまで池を埋め立てようとしたのも、すべてはこの骸を人目に晒さないためだったわけだ。あなた自身の兄殺しと、兄嫁殺しを隠し通すためですね」

「違う違うッ、何を証拠に——」

「あなたねぇ、そもそも養蚕を進めるぐらいのことで金を使いすぎですよ。公事師を雇うのは安くありません。まして、この卍屋甲太夫なら尚更です」

堂々と大見得を切る。村人たちは賛嘆の面持ちでいかさま師を見つめている。お甲は唖然《あぜん》として、菊蔵は苦々しげにいかさま師を見守った。

仁右衛門はいかさま師にむかって吠えた。

「貴様はッ、わしに雇われた公事師じゃないかッ。わしの望むように池を埋め立てる、そういう筋に公事を運ぶのが仕事じゃないか！　なのにどうしてわしの邪魔をするッ。約定に反しているじゃないか！」

「確かに卍屋と、この三代目甲太夫は、あなた様の公事を請けました。だけどねぇ仁右衛門さん。この卍屋甲太夫三代目は、公事は請けるが、悪事の片棒を担ぐことはしないんですよ」

「むむっ……」

「この卍屋甲太夫に任せておけば、公事が手早く進んで、すぐにも池を埋めることができるとお考えなさった。そこまでは目論見《もくろみ》通りです。でも、そこからが目論見に外れてしまいましたね」

　その瞬間だけ、いかさま師の目が鋭い光を放った。

「この卍屋甲太夫三代目、あなたが隠そうとなさった裏の裏まで、すべて見通してしまったのですよ」

　一転、いかさま師はカラカラと笑った。

「あたしを頼ったのは、とんだしくじりでございましたねぇ」

　大向こうから「イヨッ、三代目！」と声が掛かりそうだ。村人たちはますます賛嘆、感動しきって、いかさま師を見つめている。

「よくもここまで、いけしゃあしゃあと……」

　菊蔵が満面に血を昇らせながら呟いた。

「ま、なんにせよ、久左衛門様ご夫婦が利根川の渡しで死んだとお役人に届けたのは仁右衛門様です。それなのにお亡骸《なきがら》が池の底に沈んでいた。これを納得できるように説明なさるのは、難しゅうございましょう」

「違う違うッ、わしが殺したんじゃないッ」

「往生際が悪いですよ。村の皆さんが証人です。もう観念なさい」

「違いますッ」

突然、お仙が叫んだ。

「おとっつあんとおっかさんを殺したのは、お代官所の淵上様です！」

「おやおや」

いかさま師が呆れ顔をした。

「これは面倒な話になった」

仁右衛門も泡を食っている。

「な、何を言い出すんだ！　お代官所のお役人様を名指しするなんて、お前、それがどういう事かわかってるのかい！」

「本当ですッ。淵上様がおとっつあんとおっかさんを……！　叔父様は亡骸を池に投げ棄《す》てただけなんです！」

「投げ棄てただけでも、十分に重罪ですがねぇ」

いかさま師が呟いたその時、馬蹄の音を響かせながら、問題の淵上が乗り込んできた。馬の鞍から飛び下りるなり叫んだ。

「この騒ぎは、いったい何事だ！」

馬の轡はお供に預けて、堤の土手を駆け上ってくる。

「淵上様！」

仁右衛門が淵上の袴にすがりついた。

「池の骸を、見つけられてしまいました……！」

「むっ」

淵上は池の底に目を向けた。

「なんと！　あれは、先代の名主の骸か！」

白々しく驚いたふりをする。誰がどう見ても小芝居をしているとわかった。

淵上は足元の仁右衛門を睨みつけた。

「さては仁右衛門！　そなたが手に掛けおったな！」

仁右衛門は真っ青になって、首を横に振った。

「それはあんまりでございます！」

「ええい、黙れ、この人殺しめが！」

「いいえ、おとっつあんとおっかさんを殺したのは淵上様です！」

お仙が指差して叫ぶ。

「あたしは押し入れの中から見ていたのです！　おっかさんに、押し入れに隠れているように言われて……」

「ええい、黙れ小娘！」

「夢でも見たのだ！　殺したのはこの仁右衛門だ！　名主の家を乗っ取ったのがその証拠！」

「酷い！　手前に家を継ぐようにお命じなされ、そのうえで年貢の横流しを――」

「ええい、黙れ！　放せ！」

仁右衛門を蹴り飛ばそうとする淵上と、必死にしがみつく仁右衛門が、とんだ醜態を見せていたところへ、

「すべて、この目で確かめたぞ。この耳で聞き届けた」

一人の武士が土手を上ってきた。

「相原様！」

お甲が円らな目を潤ませながら叫んだ。

相原喜十郎は、お甲に向かって頷き返してから、一同を見渡した。

「勘定奉行所、支配勘定、相原喜十郎である！」

一同はその威に打たれて一斉に土下座をした。

相原は一人突っ立ったままの淵上に目を向けた。

「淵上殿。まずは代官所にお戻りなされよ。罪状は拙者が詳《つまび》らかに調べた上で、お奉行様方とお目付様に上申いたす。それまでは謹慎なさるがよろしかろう」

お奉行様方とは四人の勘定奉行のこと。目付は武士の犯罪を取り締まる監察官だ。相原喜十郎は若手だが、出頭著しい能吏である。淵上はもはや誤魔化しもできぬと観念したのか、その場にへたり込んで、ぐったりと頭を垂れた。

「連れてゆけ！」

淵上のお供に命じる。お供は一転、淵上を捕まえる役回りとなり、その腕を取って立たせた。代官所の役人は現地採用の者たちだ。一方の淵上は江戸から派遣されてきた者である。主従の愛情などはまったくない。罪人と決まればいたって冷酷に扱った。

相原と村の者たちは淵上を見送る。淵上は馬に乗ることも許されず、馬と一緒に引かれていった。

「さて、卍屋甲太夫」

相原はいかさま師に目を向けた。

「ははっ」

いかさま師は恭謙を装って低頭した。

相原はいかさま師が三代目甲太夫ではないことを知っているし、いかさま師は相原に正体を見抜かれていることを知っている。

「甲太夫。こたびも見事な働きであったな。このまま公事を進めておったなら、とんだ瑕瑾《かきん》を残すところであった」

「畏れ入りまする」

「卍屋の暖簾にも傷がつかずにすんだ。そなたが悪事を見抜かなければ、卍屋も少なからぬ汚名を蒙るところであったろう」

チラリとお甲に目を向ける。お甲は唇を尖らせた。

「後のことは我らに任せよ。勘定奉行所と目付役所で余罪を吟味したうえで、淵上と仁右衛門には厳罰を申し渡す」

いかさま師が「ハハーッ」と平伏し、釣られて村人一同が土下座した。

最後に相原はお仙に顔を向けた。

「先代名主、久左衛門の娘か。天晴《あっぱ》れ、親の敵を討ったな。いずれ代官所より褒美の沙汰があろう」

「はい！」

お仙は頰を涙で濡らしながら、可憐な笑みを浮かべたのであった。

五

お甲は江戸に向かって旅している。中山道の本庄宿に達しようとしていた。

「お嬢さん、休んでいきましょう。旅に無理は禁物ですぜ」

菊蔵が茶店を指差しながら言った。旅は自分の足だけが移動手段だ。無理をして筋を痛めたり、病気になったりしたら即座に立ち往生する。旅に慣れた者たちほど、休息と睡眠には気をつかった。

お甲も同意して茶店の縁台に腰掛けた。菊蔵がちょっと間を空けて座る。辰之助以下、若い者たちは遠慮をして遠くに座った。

お甲は、運ばれてきた茶を飲んだ。そしてホッと一息ついた。

「何が何やらわからないうちに、一件落着してしまったねぇ」

お甲は実質、何もしていない。仁右衛門といかさま師という二人の悪党に踊らされていただけだ。

「村の名主は、お仙ちゃんが婿取りして継ぐことになったそうだよ」

「へい。相原様のお心配りだ。あの娘も、やっと幸せになれやすぜ」

「村は、養蚕でやっていくんだろうか」

「池が涸《か》れちまいましたからね。もともと百姓衆は養蚕に乗り気だったんでさぁ。あの幽霊さえ出てこなければね」

菊蔵は両手をダラリと下げておどけた。お甲はほとんど無視した。

「結局、只働きかい」

「暖簾に傷がつかなかっただけでもめっけものでさぁ」

お甲は唇を尖らせて菊蔵を睨んだ。

「あの騙り者の肩を持つおつもりかい」

「滅相もねぇ。……あの野郎め、今度会ったらただじゃあおかねぇ。その腕をへし折って、簀巻きにして、大川に投げ込んでくれまさぁ」

お甲は茶店の雪隠を借りた。お甲に忠誠を誓う若い下代たちも、さすがに雪隠まではついて来なかった。

用をすませて外に出て、手水で手を洗っていた時である。

「はい、どうぞ」

と、手拭いを差し出した男がいた。

お甲はハッとした。目の前に、あの軽薄な薄笑いがあった。

「どうしてここに……！」

いかさま師はヘラヘラと笑った。

「手前も江戸に帰るんですよ。石田村での仕事が片づいたものでねぇ」

「ふざけないで！」

「ふざけちゃいません」

お甲は目を吊り上げたが、いかさま師はいっこうに気にする様子もなく、ただ軽薄そうに笑っている。

「あなたには礼を言うべきなのかしら」

「さて、どうでしょう」

お甲は内心、屈辱を感じつつ、訊ねた。

「いつから仁右衛門が嘘をついているとわかったの?」

いかさま師は本心から面白そうに笑った。

「最初からですよ。顔に〝嘘〟って書いてありましたからね」

「あなたこそ、顔に嘘って書いてあるわ」

「嘘なんかついちゃいませんよ。あたしはこれでも嘘つきの玄人《くろうと》ですからね。仁右衛門さんのような素人に騙されるようじゃあ、おまんまの食い上げです」

「嫌なことを言う」

「何がです」

「いつか訊きたいと思ってた。あたしが三代目甲太夫だって、本当の三代目甲太夫はどこにもいないってことに、いつ、どうして気がついたの?」

「ああ。その話ですか。まぁ、それもねぇ……。お甲ちゃんは公事の玄人ですが、騙りはいたって素人だ。ハハハ。見抜くのは造作もなかったってことです」

お甲は唇をへの字に結んだ。いかさま師は皮肉な顔つきで笑った。

「今回、手前にはちょっとした運《ツキ》があった。お仙ちゃんとたまたま出会ったことです。それがなかったら話は別の方向に転がっていたことでしょう。ですから、そんなに気を落とすことはないです」

そう言ってから、ニヤリと笑った。

「手前は、お仙ちゃんと善四郎親分から、合わせて三十両ばかしの礼金を頂戴しました」

「いつの間に！」

「お仙ちゃんに出くわさずに、仁右衛門さんと善四郎親分を競わせたほうが、よっぽど金になったでしょうがね。ま、仕方がない。今回はこれで我慢しましょう」

そう言うとフラリと身体を揺らして、雪隠の陰に隠れた。

「待って」

「待てません。菊蔵さんが心配になって見に来ましたよ」

表のほうから声がした。

「お嬢さん、ずいぶんと長い憚りですが、大丈夫《でえじょうぶ》ですかい？」

「梅の蕾を見ていたのさ」

雪隠の横に、たまたま梅の木があった。

「そろそろ春が近いねぇ」

紅梅だろうか、膨らんだ蕾は紅の色を感じさせていた。

「さぁ、江戸に戻るよ」

お甲は気を取り直して、店の表に向かった。

「へい。合点だ」

卍屋の男たちが荷物を背負って立ち上がる。

「江戸に戻れば公事が山積みだ。さぁ、行くよ」

お甲は男たちに活を入れると、早春の中山道を歩き始めた。

この作品は書き下ろしです。

上州騒乱《じょうしゅうそうらん》

公事師《くじし》　卍屋甲太夫三代目《まんじやこうだゆうさんだいめ》

幡大介《ばんだいすけ》

平成25年12月5日　初版発行

発行人――石原正康
編集人――永島賞二
発行所――株式会社幻冬舎
〒151-0051東京都渋谷区千駄ヶ谷4-9-7
電話　03(5411)6222(営業)
03(5411)6211(編集)
振替00120-8-767643
印刷・製本―錦明印刷株式会社
装丁者――高橋雅之

検印廃止
万一、落丁乱丁のある場合は送料小社負担で
お取替致します。小社宛にお送り下さい。
本書の一部あるいは全部を無断で複写複製することは、
法律で認められた場合を除き、著作権の侵害となります。
定価はカバーに表示してあります。
Printed in Japan © Daisuke Ban 2013

幻冬舎時代小説文庫

ISBN978-4-344-42129-5　C0193　は-21-2

幻冬舎ホームページアドレス　http://www.gentosha.co.jp/
この本に関するご意見・ご感想をメールでお寄せいただく場合は、
comment@gentosha.co.jpまで。